Eine Frau, ein Mann

Leonhard Thoma

Illustrationen: Claire Roquigny

Für Joosje und Filipa

© Editorial Idiomas, S.L. Unipersonal, 2011
© Leonhard Thoma

Depósito Legal: M-29968-2011
ISBN: 978-84-8141-042-6

1ª edición, 1ª tirada, 2011

Editoras/Verlegerinnen: Michaela Hueber, Sophie Caesar
Redacción/Redaktion: Tanja Nause
Foto de portada/Umschlagfoto: Gettyimages Europa
Ilustraciones/Illustrationen: Claire Roquigny
Diseño y Maquetación interiores/Lay-Out Innenseiten:
Conny Schmitz, Hamburg
Diseño cubierta/Umschlaggestaltung: Conny Schmitz, Hamburg
Impreso en España/Druck: Javelcom Gráfica, S.L.

Eine Frau,
ein Mann

Tanners Party

Endlich finde ich die Straße. Der Rest ist kein Problem. Die Musik ist so laut, man hört sie schon vor dem Haus. Es ist schon spät. Sehr spät. Ein Uhr nachts. Gute Zeit für eine Party. Die Tür ist offen. Ein paar Leute stehen auf dem Korridor und sehen mich an.

„Hallo", sage ich, „ist Tanner da?"

„Natürlich", lacht eine Frau, „ist ja sein Geburtstag."

„Ich weiß", sage ich, „und wo ist er?"

„Im Wohnzimmer", antwortet sie, „oder draußen auf der Terrasse."

Na prima. Ich gehe durch den Korridor.

Schöne Wohnung, denke ich, richtig luxuriös.

Auch die Party ist gut. Eine Menge Leute, und alle amüsieren sich. In der Küche gibt es Sekt und Drinks, im Wohnzimmer Salsa und im Garten frische Luft. Alles lacht und trinkt, raucht und redet, und einige tanzen. Solo oder zu zweit. Wie die Profis. Die Musik ist wahnsinnig laut, aber absolut klasse. Wirklich eine tolle Atmosphäre.

Plötzlich steht eine attraktive Frau mit einem Tablett auf der Hand vor mir.

„Einen Gin Tonic?", fragt sie.

„Nein, danke", antworte ich, „sehr nett, aber jetzt nicht".

Lächelnd geht sie weiter.

Da kommt schon die nächste Schönheit. Ganz in Grün. Smaragdgrün.

„Können Sie das tanzen?", fragt sie mich.

„Nee, leider nicht."

Sie sieht mir in die Augen. „Schade", meint sie, „wirklich schade."

Ich finde es auch schade. Sehr schade. Ich kann eigentlich ein bisschen Salsa tanzen. Aber jetzt nicht. Ich brauche jetzt keine Tanzpartnerin, ich brauche Tanner. So schnell wie möglich. Aber die Leute sind nett hier. Das muss man sagen. Freundlich. Fröhlich. Nicht arrogant. Auf diesen Sommerpartys ist das nicht immer so.

Plötzlich steht ein Mann vor mir. Schwarzes Hemd, schwarze Jeans.

„Tanner?", frage ich.

„Ja", sagt er, „kommen Sie. Draußen können wir besser reden."
Unser Gespräch dauert nur zwei Minuten. Tanner ist nicht
dumm. Er kapiert sofort und akzeptiert. Ein klarer Kopf, auch
nach ein paar Drinks. Ein Typ mit guten Manieren.

„Zwanzig Minuten?", fragt er.

Ich sehe mich um. Viele Leute stehen jetzt auf der Terrasse. Man
beobachtet uns neugierig. Ich sehe auf die Uhr.

„Zehn", sage ich, „mehr geht leider nicht."

„Einverstanden", sagt er.

Ich gehe zurück, durch das Wohnzimmer und den Korridor.
Da steht wieder die smaragdgrüne Tänzerin.

„Gehen Sie schon wieder?", fragt sie.

„Ja", antworte ich, „ich muss weiter."

„Schade", flüstert sie noch einmal.

Ich versuche zu lächeln. „Ja, tut mir auch leid. Aber so ist das
Leben."

Draußen im Auto warte ich. Acht Minuten, zehn Minuten, zwölf
Minuten.

Tanner, verdammt, mach doch!

Aber dann ist plötzlich alles still. Nachtstill. Keine Musik mehr.
Nicht einmal Stimmen. Nichts. Absolute Ruhe.

Bravo, Tanner, denke ich, guter Junge.

Aber es tut mir wirklich leid. Für Tanner, für die smaragdgrüne
Tänzerin, für die Geburtstagsparty. Ich will die Party nicht kaputt
machen. Ich mag Salsapartys. Aber was soll ich tun? Die Nachbarn haben dreimal angerufen und protestiert. Ich bin nur ein
kleiner Polizist. Kein leichter Job. Besonders nachts.

Der Abschiedsbrief

Ich komme nach Hause. Um 17 Uhr, wie jeden Freitag. Aber ich
sehe kein Licht. Alles ist dunkel.
Komisch, denke ich, wo ist meine Frau?
Normalerweise ist sie immer da und macht das Abendessen.
Ich mache die Lampe im Flur an. Ich sehe in die Küche und ins
Schlafzimmer. Alles in Ordnung. Aber sie ist nicht da. Ich öffne
die Garage. Auch das Auto ist weg. Was ist hier los?
Langsam gehe ich zum Wohnzimmer. Da sehe ich schon das Blatt
Papier auf dem Tisch. Ein Brief. Ihr Brief.

Sofort denke ich an das dumme Gespräch heute morgen.
„Ich gehe, das ist mir doch zu blöd!" oder „Ich habe die Nase voll,
ich ziehe aus!" usw.
So etwas sagt meine Frau ziemlich oft. Das muss nichts bedeuten.
So enden unsere Diskussionen fast immer, wenn wir streiten.
Normalerweise steht sie dann demonstrativ auf und geht ... nein,
sie geht nicht weg ... sie geht ins Schlafzimmer, legt sich vor den
kleinen Fernseher und sieht eine ihrer Lieblingstelenovelas. (Sie
hat viele Lieblingstelenovelas.)
Nach einer Stunde kommt sie zurück und alles ist wieder gut. So
läuft das normalerweise bei uns, immer das gleiche Theater.
Deshalb war ich auch heute ganz sicher, dass alles wieder gut
wird. Ich hatte unser Problemchen von heute morgen schon
vergessen.
Na ja, wir haben heute schon sehr früh gestritten. Morgens um
acht. Und weil um diese Zeit nichts Interessantes im Fernsehen
kommt, ist meine Frau nicht ins Schlafzimmer, sondern aus dem
Haus gelaufen. Und ich bin zur Arbeit gefahren. Ganz normal.

Ich stehe immer noch vor dem Wohnzimmer und sehe den Brief
auf dem Tisch.
Manchmal hat sie das gesagt: „Warte nur, eines Tages wirst du
nach Hause kommen und da wird ein Brief auf dem Tisch liegen.
Und dieser Brief wird ein Abschiedsbrief sein."
Ich habe das nie ernst genommen. Und jetzt ist sie also wirklich
gegangen. Weg. Einfach weg! Aber mein Gott, was ist denn so
schlimm gewesen heute Morgen? Was war das Problem?
Sie wollte Freunde einladen, heute Abend zum Grillen im Garten.
So mit Steaks und Würstchen und Kartoffelsalat. Und ein schönes
Bier dazu. Aber ich hatte heute halt keine Lust auf Würstchen und
Kartoffelsalat. Und vor allem nicht auf die Freunde. Ihre Freunde:
Lars und Moni und Gustav und Sabine. Nein Danke!

Lars, der Grillprofi, der immer alles besser weiß. Gustav, der Bier-experte, dem mein Bier immer zu warm oder zu kalt ist. Moni, die nach zwei Gläsern schon zu singen anfängt. Und Sabine, die jedes Mal nur eine Stunde kommen will und dann bis drei Uhr morgens bleibt und ihr komplettes Leben erzählt. Oh nein, bitte nicht!

„Nein", habe ich gesagt, „heute wird nicht gegrillt. Schluss. Aus. Amen."

Ich wollte meine Ruhe haben, fernsehen, Musik hören. Das war wirklich alles. Ist das so tragisch?

„Du akzeptierst meine Freunde nicht", hat sie gesagt. „Du bist unmöglich!"

„Doch", habe ich geantwortet, „ich akzeptiere sie, ich hab' im Prinzip nichts gegen diese Leute. Aber deshalb müssen die doch noch lange nicht den ganzen Freitagabend bei uns im Garten herumsitzen, und ich darf auch noch Koch und Kellner spielen und muss mir ihre tollen Tipps anhören! An meinem freien Wochenende! Ist das denn so schwer zu verstehen?"

Nein, sie hat das nicht verstanden. Sie hat mich ‚Sofa-Diktator' genannt, einen intoleranten und langweiligen ‚Sofa-Diktator'.
Sie war richtig böse.

Okay, ich habe dann noch gesagt, dass Lars für mich ein Idiot ist und Sabine eine ignorante Ziege. Okay, das war nicht in Ordnung. Ich wollte mich sofort entschuldigen, aber da war es schon zu spät.
Da ist meine Frau schon aus dem Haus gelaufen.

Ich bin der Idiot, nicht Lars, denke ich jetzt. Warum habe ich so rebelliert? Warum habe ich nicht ‚Ja' gesagt und ihr diese Freude gemacht?

‚Prima, lade deine Freunde ein. Gerne. Kein Problem.'
Meine Frau hatte doch recht! Ein kleines Fest, nette Leute. Das kann doch ein lustiger Abend werden. Aber nein, ich bin hart geblieben.

Und jetzt ist sie weg! Vielleicht für immer! Meine arme Frau!
Los! Ich muss sie suchen!, denke ich jetzt. Vielleicht ist sie noch
in der Nähe, vielleicht ist ein Happy End noch möglich. Ich muss
meine Frau finden. Jetzt sofort!

Als ich aufstehe, fällt mein Blick plötzlich wieder auf den Brief.
Der Brief! Natürlich! Der Brief! Ich muss den Brief lesen! Viel-
leicht weiß ich dann, wo sie ist. Vielleicht wartet sie auf mich!
Mit zwei Schritten stehe ich am Tisch und nehme vorsichtig das
Blatt Papier in die Hand:

Schätzchen,

ich bin einkaufen, die Grillsachen für heute Abend.
Holst du die Getränke im Supermarkt? (Wasser,
Saft und Bier. Gutes Bier, du weißt, Gustav ist da
sehr kritisch.) Nimm genug mit, wir sind so acht bis
zehn Leute, Pitt und Gaby kommen auch.

Ich liebe dich!

Bis später!

Wer spricht denn da?

Freitagabend. Ich komme nach Hause. Traurig, deprimiert. Was soll ich tun? Alles ist so kompliziert. Und ich bin so müde. Und so allein. Wo sind jetzt die Freunde? Die Freunde mit den guten Ideen und den klugen Tipps?
Niemand da. Natürlich! Mit diesen Problemen bist du immer allein. Ganz allein. Also was tun?

Ich möchte reden. Ich möchte Antworten auf meine Fragen. Das will ich. Aber es ist ja niemand da. Ich bin allein in meiner kleinen dunklen Wohnung. Allein mit diesem langen Abend. Allein mit diesem langen Wochenende.
Ich sitze im Wohnzimmer, sehe das Telefon und frage mich: Was soll ich tun? Stille. Keine Antwort.
„Trink ein Bier!", höre ich plötzlich eine tiefe Stimme.
Moment mal! Wer spricht denn da? Onkel Martin hat das immer gern gesagt. Seine Philosophie. Aber das kann er jetzt nicht sein. Ich träume. Ich muss träumen.
„Was ist jetzt, Junge, trinkst du ein Bier oder nicht?"
Nein, das ist kein Traum. Auch nicht Onkel Martin. Aber da spricht wirklich jemand. Aber wer? Ich stehe auf und mache zwei, drei Schritte.
„Na also", brummt die Stimme, „mach schon auf, ich hab' noch zwei Flaschen. Wunderbar kalt!"
Verdammt, das ist der Kühlschrank! Mein Kühlschrank spricht mit mir! Und will mir helfen!
Langsam mache ich ihn auf. Er hat recht: zwei kalte Bier. Plötzlich höre ich eine andere Stimme: „Stop! Keinen Alkohol jetzt. Das ist doch keine Lösung!"

Oh Gott, was ist hier los? Das klingt wie meine Exfreundin.
„Musik! Du brauchst jetzt Musik. Klassische Musik. Bach zum
Beispiel. Die beste Medizin gegen Stress."
Klassische Musik? Das kann nicht meine Exfreundin sein, das ist
mein CD-Player! Auch mein CD-Player kann sprechen und gibt
mir gute Tipps.

Halluzinationen, denke ich, ich fantasiere schon.

Tüt-tüt, macht plötzlich das Telefon.

Ruft mich jemand an? Ist das …?

„Nein", flüstert das Telefon. „D u musst anrufen. Jetzt sofort."

„Telefonieren? Jetzt? Unmöglich! Total falsch! Der Junge muss sich ausruhen", sagt das Sofa.

„Ja, und ein gutes Buch lesen", ergänzt das Bücherregal.

„Ach immer dieser intellektuelle Blödsinn", sagt der CD-Player, „der kann sich doch jetzt gar nicht konzentrieren. Einfach Musik hören. Bach und kein Bier. Das ist gut."

„Okay", sagt das Sofa, „dann soll er Musik hören und sich ausruhen und nichts tun. Gar nichts."

Keine schlechte Idee, finde ich. Ich mache den Kühlschrank wieder zu.

„Idiot", brummt er.

„Wie bitte?", frage ich.

„Nicht du", erklärt der Kühlschrank, „ich meine den CD-Player. Diesen Barock-Softie!"

„Selber Idiot", sagt der CD-Player, „unser Freund kann doch was anderes trinken. Orangensaft oder Tee."

„Hab' ich aber nicht", brummt der Kühlschrank genervt.

„Aber ich", klappert die Teekanne triumphierend, „wir haben ein Riesensortiment: Grüner Tee, Yogatee, Meditationstee, Finde-deine-Mitte-Tee. Alles da."

„Was für ein esoterischer Quatsch! Schluss jetzt! Der Mann muss schlafen. Schlafen und alles vergessen", ächzt eine Stimme aus dem Schlafzimmer, „und morgen ist wieder ein neuer Tag mit neuen wunderschönen Perspektiven."

Das muss das Bett sein. Auch nicht so dumm.

„Das sind doch alles faule Ausreden!", höre ich noch eine andere Stimme.

Sehr energisch. Wie mein Sportlehrer in der Schule früher.

Wer…? Oh nein! Mein Tennisschläger.

„Bier trinken, schlafen, alles viel zu passiv! Der Mann muss raus, an die frische Luft. Aktion! Sport machen. Leute treffen. Spielen. Gewinnen. Ab zum Tennis-Club! Hopp, hopp!"

„Hey, du elitärer Snob!", rufen zwei oder drei Stimmen. Ein kleiner Sprechchor unter dem Sofa. Wer kann das denn sein? Ach so: die Jogging-Schuhe. „Frische Luft gibt's auch im Park. Gratis." Nicht nur der Tennisschläger protestiert. Alle protestieren. Der Kühlschrank, das Sofa, der CD-Player. Nur die Teekanne nicht. Sie sieht da vielleicht eine Chance, für später …

„Ruhe!", brüllt jemand. „Absolute Ruhe! Haltet endlich mal alle die Klappe! Ich will nichts mehr hören!"

Wer ist das? Hey, das muss ich sein.

Es funktioniert, plötzlich ist alles still. Langsam, ganz langsam gehe ich zum Telefon.

„Los", flüstert das Telefon. „Ich hab' dir ja gleich gesagt, d u musst anrufen."

„Ja, ich weiß, du hast ja recht." Ich nehme den Hörer.

„Sie ist nicht mehr böse", sagt das Telefon. „Sie liebt dich. Sie wartet auf deinen Anruf. Alles wird gut."

„Hoffentlich", sage ich leise und wähle ihre Nummer.

Verpasst

- Manu.
- Mensch, Manu, wo warst du gestern?
- Hallo Claudia! Wo soll ich gestern gewesen sein?
- Ich habe dich angerufen, gestern so um sieben Uhr. Das haben wir doch ausgemacht!
- Na ja, stimmt.
- Wir wollten ausgehen. Du wolltest doch mitkommen.
- Ja, ja, klar, natürlich.
- Ich habe dir auch eine SMS geschickt. Wir haben gehofft, du rufst dann später zurück. Wir waren sicher, du rufst an.
- Oh Gott, entschuldige, ich war … ich hab' … ich hab' die SMS noch gar nicht gelesen. Wie dumm von mir …
- Das kannst du aber laut sagen! Du hast nämlich echt was verpasst!
- Ach ja? Was habt ihr denn gemacht?
- Mensch, das war echt super! Ich habe Anita und Mike um acht im ‚Quasimodo‘ getroffen. Und weißt du, wer da plötzlich vor uns gestanden hat?
- Nein, keine Ahnung …
- Rolf! Unglaublich, oder? Frisch zurück aus den USA. Er hat sich gleich zu uns gesetzt, und erzählt und erzählt, super Geschichten aus New York.
- Er war in Amerika?
- Klar, weißt du das nicht? Sechs Monate, so ein Praktikum in einer Firma.
- Ach ja, das hast du mal gesagt …
- Na ja, die Geschichten waren auf jeden Fall super. Und dann sind wir alle zusammen auf einen Cocktail in die ‚X-Lounge‘ gegangen. Diana war schon da …
- Diana?

- Ja genau, Diana, da staunst du, was? Der haben wir nämlich auch Bescheid gesagt. Die hat unser Date nicht vergessen …
- Du, tut mir wirklich leid, ich …
- Schon gut, aber weißt du, wirklich schade, denn Diana hat gleich nach dir gefragt.
- Nach mir?
- Ja, nach dir, du Idiot!
- Und warum?
- Mensch, warum wohl? Sie wollte dich sehen, mit dir sprechen. Unbedingt. Das war sehr wichtig für sie. Wir haben dich extra noch einmal angerufen. Aber du warst ja nicht … sag mal, wo hast du eigentlich den ganzen Abend gesteckt?
- Na ja, ich war zu Hause, was weiß ich, mal unter der Dusche, dann im Garten … Ach ja, genau, ich war ziemlich lange draußen auf der Terrasse und habe gelesen, bis halb zwölf oder so.
- Und da hast du dann das Klingeln nicht gehört. Logisch. Mensch, schade, dass wir das nicht gewusst haben!
- Was denn?
- Na, dass du zu Hause bist. Dann wären wir noch zu dir gekommen. Mike hatte die Idee. ,Vielleicht ist Manu ja zu Hause‘, hat er gemeint. ,Komm, wir fahren einfach zu ihm und sehen mal, ob er da ist!‘

Diana hat die Idee super gefunden. Aber Anita war skeptisch, weil deine Eltern da wahrscheinlich schon geschlafen haben. ,Egal‘, hat Mike gelacht, ,wir klopfen ans Fenster, so wie früher. Und dann machen wir eine kleine Party unten im Keller.‘

Wir sind aber doch nicht gefahren. Ich meine, deine Eltern sind ja
sehr nett, aber so später Besuch … und außerdem war ich sicher,
dass du nicht da bist. Und zehn Kilometer bis Steglitz, und dann
kein Manu, da hatten wir dann doch keine Lust. Wir sind dann
tanzen gegangen. Verstehst du doch, oder?
- Aber klar.
- Mensch, aber echt schade, dass du nicht mit uns zusammen
warst!

- Ja, ich weiß.
- Die Diskothek war auch klasse. Der neue Club in der Kant-
straße, ‚Jerome‘, ganz cooler Laden und super Musik. Wir sind bis
drei geblieben.
- Bis drei? Das muss ja wirklich ein schöner Abend gewesen sein.
- Ja, total verrückt. Es hat richtig Spaß gemacht. Nur du hast
gefehlt.
- Na ja, kann man nichts machen.
- Ja, aber weißt du, was jetzt das Dumme ist?
- Nee, was denn?
- Also, Mike hatte am Ende die Idee, dass wir heute alle
zusammen zum Wannsee fahren. Seine Eltern haben da ein
kleines Segelboot. Das könnten wir heute nehmen. Stell dir vor:
nur in der Sonne liegen, relaxen, baden, Kaffee trinken.
- Gute Idee, bei dem schönen Wetter …
- Ja, aber jetzt kommt das Problem: Also, Mike und Anita, ich,
Diana … und natürlich du, habe ich gedacht. Aber Rolf hat das
gehört und wollte sofort auch mit.
- Aber das ist doch okay, oder?
- Nein, denn so sind wir fünf und es ist kein Platz mehr für dich
im Auto.
- Ach so. Na ja, nicht so schlimm. Ich meine, wenn Rolf gerne
möchte …
- Du, ich glaube, er will was von Diana. Er hat gestern den ganzen
Abend mit ihr getanzt. Pausenlos. Aber ich bin sicher, dass Diana
wollte, dass du heute mitkommst, und nicht er.
- Glaubst du? Aber das geht ja jetzt nicht mehr.
- Nee, echt schade … Du, ich glaube, ich muss aufhören. Da steht
ein Cabrio vor dem Haus. Das werden Mike und Anita sein.
- Dann viel Spaß und schöne Grüße …
- Gut, aber nächste Woche machen wir mal was alle zusammen.
Okay?

- Gerne, ruf einfach an.
- Ganz sicher. Nächste Woche bist du dran. Ciao!
- Tschüss!

Manu legt das Handy auf den Tisch, holt eine Tasse Kaffee aus der Küche und setzt sich auf die Terrasse in die Sonne.
Claudia, Anita, Mike, Quasimodo …
Er nimmt sein Buch und sieht einen Moment in den Garten.
Rolf, Amerika, X-Lounge, Cocktail, Diana …
Er denkt an gestern. Ja, das Handy hat geklingelt. Zwei, drei Mal.
Mike, Anita, Kellerparty …
Er ist nicht aufgestanden. Er hat das Handy auf dem Tisch liegen lassen.
Claudia, Diana, Jerome, tanzen …
Er schlägt das Buch auf, Seite 383.
Cabrio, Mike, Wannsee, Diana, Claudia, Segelboot …
Wie gut, denkt er, dass er gestern nicht ans Telefon gegangen ist.
Das Buch ist so unglaublich spannend. Heute kann er weiterlesen, den g a n z e n Tag.

Kunzes Geheimnis

Joachim Kunze dreht sich um und grüßt noch einmal:
„Tschüssi, ihr zwei Hübschen, macht´s gut. Bussi, man sieht sich.
Ciao."
Dann verlässt er das Lokal. Er ist guter Laune nach diesem netten
Abend.

Er wollte vorhin nur noch kurz einen Prosecco trinken, auf dem
Weg von der Firma nach Hause, im ‚Capital', seinem Lieblings-
café. Aber dann hat er die beiden getroffen, Nina und Babsy,
seine schönen Kolleginnen aus der Zeit, als er noch für Mundy &
Friends arbeitete.

Während er zu seinem Auto geht, sieht er noch einmal durch die Fenster ins Lokal. Die beiden sitzen da und unterhalten sich weiter. Wahrscheinlich über ihn. Da ist er sich fast sicher.
Nina und Babsy. Auch nicht mehr die Jüngsten, aber immer noch sehr süß. Sie waren ein super Team damals. Hat Spaß gemacht mit ihnen. Geflirtet ohne Ende! Ganz klar: Beide waren verliebt in ihn. Ein nettes Spielchen, aber er hat sie dann verlassen. Sie und die Firma. Die Konkurrenz hatte einen besseren Job für ihn.

Er setzt sich in seinen Sportwagen und gibt Gas. Sicher wären die beiden jetzt noch gerne mit ihm ausgegangen. Auf einen Drink in eine Cocktail-Bar oder so. Aber auch heute hat er sie verlassen. Tja, so ist das Leben und genauso liebt es Kunze auch. Sein Leben als attraktiver Junggeselle. Ja, das hört sich arrogant an, aber so ist es halt: Er ist attraktiv und erfolgreich, sowohl im Beruf als auch privat.
Er ist ein Playboy und das Leben ein wunderschönes Spiel - wenn man zu den Gewinnern gehört. Und man gewinnt, wenn man die Regeln kennt und genau weiß, was man will. Charme braucht man natürlich auch. Dann ist alles ganz einfach. Fast schon zu einfach. Für einen *Global Player* wie ihn.

Natürlich hat auch er seine kleinen Fehler. Aber die darf man eben nicht zeigen. Man muss sie korrigieren oder … verstecken. Genau das ist eine Spezialität von Kunze.
Die zwei Schönen vorhin waren da wieder mal der Beweis. „Du hast dich ja überhaupt nicht verändert", „genau wie früher", „sportlich, sportlich". Genau diese Komplimente hört er immer. Über seinen Stil, über sein Aussehen.
Auf sein Aussehen ist er auch besonders stolz. Unglaublich, für Mitte fünfzig. Aber genau da hat Kunze auch so seine Geheimnisse.

Sein Kampf gegen das Altern. Alles ist erlaubt, nur die Spuren darf man nicht sehen. Sport macht er sowieso, fast täglich geht er ins Fitness-Studio. Aber das reicht natürlich nicht mehr. Der Bauch geht weg, aber nicht die Falten. Da muss man schon ein bisschen zaubern und in die Trickkiste greifen. Wenn es um Haut und Haar geht.

Beim Haar hat früher ein bisschen Farbe geholfen. Aber irgendwann hat es nichts mehr zu färben gegeben. Seine Locken waren schon weg, bevor sie richtig ergrauen konnten.

Aber auch da hat er eine Lösung gefunden. Eine definitive Lösung. Keiner merkt es, im Gegenteil. Er bekommt oft Komplimente für sein volles, dunkles Haar.

Er macht den CD-Spieler an: „ … sie ist ein Model und sie sieht gut aus … ich nehm sie heut Abend mit zu mir nach Haus …" Herrlich! ‚Kraftwerk', die Hits der achtziger Jahre, sein Lieblingssound.

‚Ja', denkt er, ‚das ist schon sehr amüsant. Wie einfach die Leute zu manipulieren sind. Was für ein leichtes Spiel!'

Manchmal staunt er selbst. Er muss aufpassen, dass er nicht leichtsinnig wird.

Das Cabrio rast durch die nächtliche Stadt. Kunze lehnt sich zurück, lächelt zufrieden.

Freitagabend, 21 Uhr. Mensch, warum ist er nicht ein bisschen länger geblieben? Er könnte Nina und Babsy noch auf eine Flasche Champagner in die Coco-Bar einladen, sie könnten noch tanzen gehen. Sicher würden sie sich freuen.

‚Na ja', denkt Kunze, ‚jetzt ist es zu spät.' Schade, aber macht nichts. Er hat sie sitzen lassen. Wie er schon so viele hat sitzen lassen.

Sicher werden die beiden noch eine Weile über ihn reden. Sich erinnern. Er hat wieder Eindruck gemacht. Wie sie ihn angesehen haben! Wie sie ihn bewundert haben!

Passt schon, alles richtig gemacht, findet Kunze, jetzt nach Hause und morgen ist wieder ein neuer Tag. Ein bisschen müde ist er auch. Ein langer Schlaf kann auch nicht schaden. Und morgen früh zur Massage und dann direkt auf den Golfplatz.

In diesem Moment nippt Nina an ihrem Weinglas. „Hast du das gesehen? Unglaublich, oder?"

Babsy schüttelt den Kopf und zieht an ihrer Zigarette. „Ja, unglaublich. Wirklich mutig, der Mann! Ich glaube, er denkt, man merkt es nicht."

„Sieht so aus. Unsere Kommentare hat er ja auch nicht kapiert. Mein Gott, wie naiv! Früher dieses falsche Blond und jetzt diese lächerliche Perücke. Die erkennt man ja aus hundert Metern Entfernung!"

„Und das Lifting erst! Jedes Mal, wenn er lächelt. Wie aus Plastik. Da kann er einem fast schon leid tun!"

„Nur seine Geschichten, die sind immer noch die alten."

„Wirklich unglaublich, immer noch die gleichen Storys, die gleichen schlechten Witze. Und dass sie ihn damals aus der Firma geworfen haben, das hat er immer noch nicht akzeptiert. Nichts dazugelernt, wirklich alles völlig unverändert."

„Tja, für schlechten Geschmack, da gibt's noch kein Lifting."

„Und fürs Hirn auch nicht. Leider!"

Lächelnd steht Nina auf.

„Zum Glück ist er nicht lange geblieben. Früher hat er oft so genervt. Ich habe schon befürchtet, wir müssen ihn mitnehmen. Gehen wir?"

Der Autor und seine Figuren

Ein Wiener Autor sitzt in seinem Lieblingslokal, dem ‚Café Central‘ und will eine Geschichte schreiben. Er macht sein Notizbuch auf und nimmt einen Kuli. Er erfindet zwei Figuren: eine Frau und einen Mann.

„Schön", sagt die Frau, „und was spielen wir?"

„Wir beginnen so", erklärt der Autor, „ein Café, ein schönes elegantes Café …"

„Prima", sagt die Frau, „dann nehme ich gleich eine Melange."

„Ich will auch was trinken", sagt der Mann, „eine Latte Macchiato, bitte."

„Einen Moment!", ruft der Autor, „wir können hier gerne frühstücken, aber zuerst sprechen wir über die Geschichte."

„Schon gut", sagt der Mann, „also: Was ist der Plan?"

„Na ja", sagt der Autor, „ich will einen Thriller schreiben. Mit Spionen und Mafia, Korruption und Sabotage, und mit viel Action."

„Super", sagt der Mann, „das ist meine Spezialität!"

„Oh Gott!", ruft die Frau.

„Also", sagt der Autor zu dem Mann, „du bist der Gangster und brauchst Geld. Viel Geld. Du stehst auf, gehst zu den drei Pokerspielern in der Ecke, du nimmst deine Pistole und …"

„Klasse", sagt der Mann, „die Story beginnt richtig gut."

„Ja", sagt der Autor, „aber Achtung: Die Frau an der Bar ist eine Polizistin. Sie hat alle Informationen und kennt deinen Plan. Sie steht schon hinter dir und ruft: ‚Hände hoch! Oder …"

„Stop", sagt die Frau.

„Was ist los?", fragt der Autor.

„Ich finde das nicht gut. Nicht schon wieder so ein doofer Krimi! Ich habe keine Lust mehr auf diese primitiven Männerfantasien. Immer nur brutale Action! Das passt doch gar nicht zu Wien! Ich spiele da nicht mit!"

„Was willst du dann?"

„Keine Ahnung. Etwas Ruhiges, etwas Romantisches. Eine Liebesgeschichte! Eine echte Wiener Liebesgeschichte."

„Oh Gott!", ruft der Mann. „Bitte nicht!"

„Eine Liebesgeschichte?", fragt der Autor. „Das ist schwer."

„Ja", sagt die Frau, „eine moderne Liebesgeschichte."

„Modern? Das ist ja noch komplizierter", stöhnt der Autor.

„Ja, modern und mit Happy End", sagt die Frau.

„Uff, das ist unmöglich. Das geht nicht. Nicht in Wien!"

„Komm! Bitte, bitte! Du bist doch ein kreativer Autor."

„Ja, das bin ich, aber ich schreibe keine Fantasiegeschichten."

„Bitte, probier es doch mal!"

Der Autor denkt nach. Zehn Sekunden. Fünfzehn Sekunden. Dann hat er eine Idee.

„Also gut. Neuer Plan: Du sitzt allein im Café und liest Zeitung. Ein Mann kommt und sucht einen Platz. Aber die Tische sind besetzt. Also fragt er dich: ‚Entschuldigen Sie, ist hier noch frei?' Und du sagst freundlich: ‚Ja, klar, bitte sehr.' Ihr beginnt zu sprechen, ein interessantes Gespräch über Theater, Kino und Literatur. Der Typ ist intelligent und sehr sympathisch, und er hat zwei Karten für die Oper am Abend: Mozart, Figaros Hochzeit."

„Super!", ruft die Frau. „Fantastisch! Das finde ich schon viel besser!"

„Freut mich", sagt der Autor, „also dann …"

„Hey, Moment mal", sagt der Mann. „So geht das nicht. Das ist doch total unrealistisch. Kitschig. Eine billige Seifenoper! Da ist kein Drama, kein Konflikt. Das ist langweilig!"

„Drama? Konflikt?", fragt der Autor leise. „Hmm …"

Er denkt wieder nach.

„Ich glaube, ich habe eine Lösung", sagt er dann zufrieden.

„Also: Der Mann hat zwei Opernkarten für den Abend, aber die Frau hat schon ein Rendezvous mit einem Kollegen. Aber das ist ihr egal. Sie ruft ihn an und macht dann mit dem unbekannten Mann einen Spaziergang durch den Prater. Von dort fahren sie später mit dem Taxi zur Oper. Mozart ist natürlich wunderbar und natürlich gehen sie danach noch einmal in ein Café, ins ‚Hawelka' oder ins ‚Museum', wo sie sofort eine Flasche Champagner bestellen. Sie sehen sich tief in die Augen …"

„Ich sehe da kein Drama", protestiert der Mann.

„Mensch, warte doch mal, ich bin noch nicht fertig. Also: Die beiden sitzen fröhlich an der Bar, da kommt plötzlich der Kollege. Er sieht die beiden und wird sehr böse. Am Telefon hat sie nämlich gesagt: ‚Ich bin erkältet, ich kann leider nicht kommen' … Aber sie ist nicht krank. Sie flirtet mit diesem Typen! Der Kollege nimmt einen Stuhl …"

„Super", sagt der Mann. „Das gefällt mir schon besser. Interessante Konstellation: Eine Frau, zwei Männer. Eine klassische Situation. Und jetzt das Duell."

„Nein, nein, nein!", ruft die Frau. „So ein Quatsch!"

„Hey", sagt der Autor, „was ist denn jetzt schon wieder?"

„Ich mag das nicht! Immer nur Streit. Konflikte. Duelle. Ich brauche ein bisschen Harmonie. Verdammt! Kapiert ihr das nicht? Und meine Figur mag ich auch nicht. Die Frau lügt am Telefon. Das finde ich nicht gut. Und außerdem …" – sie sieht den Mann an – „… vielleicht will ich gar nicht mit diesem Typen in die Oper gehen. Vielleicht ist der Kollege viel attraktiver und will mich in ein Superluxusrestaurant einladen, ins Hotel ‚Sacher' zum Beispiel."

„Dann also kein Mozart?", fragt der Autor traurig.

„Nein danke, kein Mozart!", sagt die Frau triumphierend.

„Kein Mozart, keine Liebesgeschichte", flüstert der Autor resigniert.

„Zum Glück", sagt der Mann, „also diese Liebesgeschichten nerven doch nur."

„Ja aber", sagt der Autor, „was machen wir dann?"

Die Frau lächelt: „Nichts. Wir sitzen in einem wunderschönen Café und frühstücken in aller Ruhe. Das genügt doch."

„Entschuldigung", sagt der Autor, „aber das ist wirklich kein tolles Thema für ein gutes Buch. Das ist stinklangweilig."

„Na und?", lächelt die Frau. „Das ist zum Glück nicht unser Bier. Das ist dein Problem."

„Genau", lacht der Mann. „Alles dein Bier. Uns geht es gut hier."

Oh nein, denkt der Autor, was für schreckliche Figuren! Arrogant und unproduktiv! Ich habe wieder alles falsch gemacht. Ich bin wirklich ein Idiot. Was soll ich jetzt tun?

„Na ja", sagt er schließlich, „vielleicht ist das auch euer Problem."
Er macht sein Notizbuch zu und legt den Kuli auf den Tisch.

Endlich kommt die Kellnerin und fragt: „Möchten Sie noch was bestellen?"

„Ja, gerne", antwortet der Autor, „einen großen schwarzen Kaffee bitte."

„Ist das alles?", fragt die Kellnerin.

„Ja, das ist alles", sagt der Autor, „die beiden anderen sind leider schon wieder weg."

Die Kellnerin sieht ihn erstaunt an. „Welche anderen?"

Der Autor lächelt melancholisch. „Ach nichts, ist schon gut …"

Der Familiensamstag

„Ausflug, meine Lieben! Wer kommt mit?", frage ich und nehme einen Schluck Kaffee.

Alle sehen mich überrascht an. Nicht sehr enthusiastisch. Meine Frage ist eine Attacke gegen ihr freies Wochenende. Es ist Samstagmorgen und wir sitzen alle vier beim Frühstück. Meine Frau Marga, meine Tochter Simone, mein Sohn Nico und ich.

Marga sagt nichts. Nico auch nicht, er isst langsam sein Müsli weiter. „Ausflug? Heute? Aber warum denn?", fragt Simone. „Warum denn nicht?", frage ich zurück. „Wir können doch mal wieder zusammen einen Ausflug machen, oder?"

„Aber wohin denn?", fragt Nico.

„Ja, wohin eigentlich?" Auch meine Frau ist skeptisch. Sehr skeptisch.

Ich glaube, das Wohin interessiert die drei gar nicht. Sie wollen alle nur Zeit gewinnen. Für eine Strategie gegen den Ausflug. Nur deshalb ist das Wohin wichtig. Für Gegenargumente und Entschuldigungen.

„Nun", sage ich fröhlich, „ich schlage vor, wir fahren nach Füssen, besuchen das Schloss Neuschwanstein und machen danach eine kleine Wanderung in den Bergen. Wenn wir ein paar Brote mitnehmen, können wir dann noch ein wunderbares Picknick machen. Und auf dem Rückweg noch im Forggensee baden. Oder wir lassen das Auto in der Garage und fahren mit der S-Bahn. Dann können wir die Fahrräder mitnehmen. In Geltendorf steigen wir aus und fahren mit den Rädern zum Ammersee und von dort hoch zum Kloster Andechs. Da gibt es dann eine herrliche Brotzeit im kühlen Biergarten. Das sind doch zwei tolle Angebote, oder? Was denkt ihr?"

Drei, vier Sekunden ist alles still, dann beginnt das Donnerwetter. Ein Hagel von Argumenten gegen beide Ausflugsvarianten: Das

Schloss mit dem Picknick, der See mit dem Kloster, beides ist ganz unmöglich. Die Erklärungen sind fantasievoll und von sehr unterschiedlicher Qualität.

Es gibt plötzlich physische, psychische und technische Probleme: Simone kann nicht, weil sie eine starke Erkältung hat, meine Frau hat schreckliche Rückenschmerzen und ein Klostertrauma (sie war in einer Klosterschule) und Nicos Fahrrad ist praktisch total kaputt. Außerdem haben alle schon Pläne und Termine: Simone will noch für die Mathematikarbeit am Montag lernen, Marga hat schon für das Mittagessen eingekauft („Den Fisch müssen wir sofort essen") und Nico muss seinem besten Freund bei den Vorbereitungen für die Party heute Abend helfen („Ich kann Robert da nicht alleine lassen").

Manche Pläne sind richtig kompliziert. Zum Beispiel will Marga heute Nachmittag ihre Schwester Renate besuchen. Die soll ihr den Rücken massieren. (Auf dem Hinweg kann Marga den Müll wegbringen, auf dem Rückweg für Sonntag einkaufen.) Bei Renate kann Marga dann auch in Ruhe die Telenovela „Das Idealpaar" (Teil 228) anschauen. Sie muss das sehen, denn sie will am Montag im Tennisclub mitreden können. („Sonst bin ich da total isoliert und sitze nur doof rum.")

„Stop! Ist ja schon gut! Ich habe verstanden!", sage ich endlich. Meine Ausflüge haben keine Chance. Theoretisch kann ich noch mit Nico alleine zum Ammersee fahren (Konditionen: vor 15 Uhr zurück, kein Kloster, nur schwimmen) oder mit meiner Frau (und dem Müll) kurz zum Schloss (Konditionen: zwischen 15 und 17 Uhr 30, keine Wanderung, Makro-Picknick mit Karotten und Paprika, danach direkt zu Renate).

Aber das hat ja alles keinen Sinn. Die Bande sieht mich triumphierend an.

„Ist ja gut, ich hab's kapiert", sage ich also, „alles klar, aber …"

„Was, aber?", fragen alle drei wie aus einem Munde. Plötzlich
wieder vorsichtig.
„… aber kann ich dann alleine …? Also ich möchte gerne …, so
ein bisschen frische Luft, ihr wisst schon …"
Sie sehen sich kurz an, dann lächeln alle drei.
„Aber klar, Papa! Logo! Mach du deinen Ausflug! Kein Problem!
Keine Frage! Mach doch! Fahr du nur!"
Aha! Ich darf also wegfahren. Mit allen Freiheiten. Wohin ich
will. Wann ich will. Womit ich will. So lange ich will. Alles in
Ordnung. Alles egal. Ganz egal. Und tschüss!
„Danke", sage ich leise, „vielen Dank! Echt nett von euch." Dann
frage ich noch: „Das ist also okay für euch? Braucht ihr mich hier
wirklich nicht?"
Alle drei schütteln synchron den Kopf: „Nein, absolut nicht. Wir
kommen hier bestens ohne dich klar."
Nico kann zu der Party … äh zu Robert problemlos zu Fuß gehen,
Marga will mit dem Bus zu Renate fahren. (Der Müll kann bis
Montag warten.) Und Simone will sogar freiwillig den Einkauf
machen, sie muss ja nachher sowieso zur Apotheke (ihre Erkäl-
tung!). Und Mathe ist auch nicht so schwierig, da braucht sie
sicher keine Hilfe.
„Gut", sage ich schließlich, „dann hat ja jeder ein schönes
Programm heute. Also viel Spaß und bis später."
„Jawohl", ruft der Familienchor zum Frühstücksfinale. Alle drei
springen zufrieden auf und laufen fröhlich in drei Himmelsrich-
tungen davon.
Die vierte, den Süden, nehme ich. Ich stehe auf und gehe langsam,
mit meinem Kaffee und der Zeitung auf dem Tablett, durch die
Wohnzimmertür in den Garten. Dort steht schon, im Schatten
unseres Apfelbaums, der bequeme Sonnenstuhl. Ich setze mich,
nehme einen Schluck und denke kurz an die Samstage der letzten
Wochen.

Mein Gott, war das ein Stress: Die Kinder zu X bringen und von Y abholen, dies reparieren und jenes erledigen. Zwei Stunden lang noch „kurz zu Renate reinkommen und Hallo sagen", eine Stunde „schnell den alten Kühlschrank zur Deponie transportieren" und bis halb eins nachts im Auto vor der Teenie-Disco warten. („Um 11 Uhr ist die Party definitiv aus, Papa".)

Ich lege mich hin und sehe glücklich lächelnd nach oben, zu den leichten Sommerwolken, die kommen und gehen.

Es hat eine zeitlang gedauert, bis ich das endlich kapiert habe: Was man tun muss, um mal einen Samstag lang seine Ruhe zu haben. Eigentlich gar nicht so schwer.

Ein Mann, ein Apfel

München Hbf. Der Zug nach Zürich steht schon da. Ich muss
nur noch einsteigen. Dann geht es los. Wunderbar! Diese kleinen
Dienstreisen. Ein leichter Job. Heute Nachmittag ein kurzer
Termin in der Firma, morgen das Treffen mit den Kollegen. Das
ist alles. Und heute Abend? Freizeit! Ich bin alleine, aber ich kann
ja ins Kino gehen.

Ich fahre gerne mit dem Zug. Das ist ökologisch, praktisch und
bequem. Lange Autofahrten finde ich langweilig. Wenn man
ankommt, ist man meistens schon müde. Mit dem Flugzeug ist
man natürlich schneller, aber die Reise ist unangenehmer. Immer
muss man warten: am Check-in, an der Handgepäckkontrolle, am
Gate. Pass auf, Pass zu, Jacke an, Jacke aus. Das nervt! Und in der
Kabine ist es dann oft eng und ungemütlich.
Nein, dann lieber mit der Bahn. Ich mag Zug fahren auch, weil die
Zeit nicht verloren ist. Man kann lesen, arbeiten oder sich einfach
ausruhen.
Gut, das geht nicht immer. Manchmal muss man stehen,
manchmal sitzt man zwischen einer lauten Schulklasse und
manchmal hat man einen Nachbarn, der sein ganzes Leben
erzählen will. (Warum immer mir? Hilfe!)

Seit ein paar Jahren gibt es noch ein anderes Problem. Niemand
will dir etwas erzählen, aber alle wollen sprechen. Nein, nicht mit
dir! Das ist nicht das Problem. Du interessierst hier niemanden.
Aber alle haben natürlich Handys und alle haben natürlich Zeit.
Viele Handys und viel Zeit. Alle wollen mit allen sprechen: mit
der Freundin, mit dem Kunden, mit der Großmutter. Was weiß
ich! Das Problem ist: Du musst das alles mithören. Schrecklich!
„Was, Schatzi? Eine Drei in Mathe, das ist ja fantastisch!"
„Ja, Frauke, die graue Krawatte mit den gelben Punkten, und das

blaue Hemd … nein, nicht die grüne, die graue …"
„Wann ist der Termin? Um zehn Uhr? Aber Moment mal, es ist
doch schon halb elf …"
Das alles interessiert dich null. Nullkommanull. Aber du hörst es.
Du musst es dir anhören. Die ganze Fahrt. Horror!

Na ja, egal. Mal sehen, ob ich heute Glück habe. Ich sehe auf die
Uhr: noch fünf Minuten. Ich steige ein und suche meinen Platz.
Ich habe reserviert.
In der Reiseinformation steht, der Zug heißt ‚Wilhelm Tell'. Ein
schöner Name für einen Zug zwischen München und Zürich,
finde ich. Wilhelm Tell, der Schweizer Mythos, der große Held
der Freiheit. Der gute Mann, der den Apfel auf dem Kopf seines
Sohnes treffen muss. Und das macht er auch, ganz cool. Von
Friedrich Schiller gibt es da ein schönes Theaterstück. Im Gymna-
sium haben wir das gemacht.
Ich muss mal wieder Schiller lesen, denke ich, während der Zug
nun langsam losfährt. ‚Wilhelm Tell' oder ein anderes Stück.

Glücklich packe ich meine Sachen aus: eine ‚Süddeutsche
Zeitung', einen Milchkaffee *to go* und meinen kleinen Computer.
Später, für die Arbeit. Zuerst aber werfe ich einen Blick in die
Zeitung: Sport, Fußball vom Wochenende. (Entschuldigung, Herr
Schiller, das ist nicht sehr kultiviert, aber das muss jetzt sein.)
Der Platz neben mir bleibt zum Glück frei. Ich liebe diese Ruhe,
die Zeitung (mein Team hat gewonnen!), den Kaffee. Dann
beginne ich mit der Arbeit: Ich lese die neuen Mails, antworte,
mache Notizen.
Im Zug ist es still. Wunderbar still. Der Wagen ist auch nur halb
voll. Später Vormittag, das ist eine gute Reisezeit. Die seriösen
Manager sind schon lange in ihren Konferenzen, die fleißigen
Studenten in der Uni, die Touristen bei ihren Sehenswürdigkeiten.

Ich sehe mich um: Neben mir sitzt eine Mutter mit ihrer Teen-ager-Tochter, beide vor sich eine Zeitschrift (Mama liest „Brigitte", Tochter „Bravo"), beide mit Musik im Ohr (Mama hört „Herbert Grönemeyer", Tochter „Tokio Hotel", aber das ist jetzt pure Spekulation.) Vor mir ist ein älteres Paar (er mit Zeitung, sie mit Buch), und hinter mir ein junger Mann, mit viel Papier auf dem Tischchen, wahrscheinlich ein Student. Das wird eine angenehme Reise. Herrlich!

Eine halbe Stunde ist es auch so, aber dann passiert es. Plötzlich beginnt jemand zu sprechen.

Aha, denke ich, der Herr Student macht eine kleine Lernpause. Er spricht ziemlich leise, ich kann seine Worte nicht einmal verstehen. Ein Handyprofi. Absolut okay. Das stört mich nicht. Ich mache mir keine Sorgen und schreibe weiter.

So zwanzig Minuten später mache ich mir doch Sorgen. Der Junge hinter mir … Ja, er spricht immer noch. Nein, nicht lauter. Immer noch ganz leise und dezent. Aber … na ja, ich bin gerade aufgestanden und zur Toilette gegangen, und da habe ich es gesehen: Der Typ hat gar kein Handy, außer den Papierblättern hat er nur einen Apfel in der Hand! Aber er spricht die ganze Zeit! Komisch. Sehr komisch!

Ich setze mich wieder auf meinen Platz. Ich höre immer noch seine Stimme, eine sympathische Stimme, aber jetzt macht sie mir Angst. Ein Mann mit Apfel, der alleine spricht! Und das seit fast dreißig Minuten!

Was soll ich tun? Muss ich das Personal informieren? Sicher ist sicher. Aber was soll ich sagen? ‚Hallo, hinter mir unterhält sich jemand mit einem Apfel!' Keine gute Idee, glaube ich. Außerdem ist das ja nicht verboten. Oder soll ich einfach den Platz wechseln?

Ich sehe vorsichtig nach hinten. Der Junge spricht und spricht und spricht. Gut, vielleicht nicht mit seinem Apfel. Das nicht. Aber da ist auch kein Mensch, kein Nachbar, nichts. Das ist doch nicht normal: Er hat einen Apfel, isst ihn aber nicht. Er hat kein Handy, spricht aber pausenlos.

Na ja, gefährlich ist er wahrscheinlich auch nicht. Ein bisschen nervös vielleicht, aber nicht aggressiv.

Was tun? Ich bleibe einfach sitzen. Es kann nichts passieren. Der tut mir nichts. Außerdem … ein bisschen neugierig bin ich auch. Ich will schon gern wissen, was da los ist. Vielleicht gibt es eine einfache Lösung. Aber leider kann ich fast kein Wort verstehen. Nur ‚Freiheit‘, das hat er schon zwei oder drei Mal etwas lauter gesagt. ‚Freiheit‘, das ist ja schön und gut, aber … Ach was! Schluss jetzt! Ich muss mit meinem Computer weitermachen. Der Kerl spricht weiter, der Zug fährt weiter, ich arbeite weiter.

Um halb vier kommen wir in Zürich an. Ich stehe langsam auf, der Solo-Sprecher ist schon ausgestiegen, durchs Fenster sehe ich ihn weglaufen. Ich hatte ihn schon fast vergessen.
Aber seine Sachen liegen noch da! Nicht alle, aber eine Mappe mit einer Menge Blättern. Müll? Vielleicht. Vielleicht auch nicht. Komischer Vogel! Aber egal, ich muss ihm das Zeug bringen. Vielleicht ist es wichtig. Vielleicht braucht er es. Ich nehme die Mappe und springe aus dem Zug. Er kann noch nicht weit sein. Da! Ich sehe ihn schon. Er steht an der Info und schaut auf den großen Stadtplan. Also kein Student. Ein Tourist? Mal sehen, vielleicht bekomme ich gleich eine Antwort.
Er geht schon weiter, aber ich erreiche ihn noch: „Hallo, warten Sie!"
Ich halte die Mappe in die Luft. Er sieht mich fragend an. Er versteht nicht und will weitergehen.
‚Ganz sicher‘, denke ich, ‚der Junge hat nicht alle Tassen im Schrank.‘
„Hier", erkläre ich, „das haben Sie im Zug liegen lassen. Ich weiß nicht, ob das etwas Wichtiges ist, vielleicht wollten Sie das wegwerfen …"
Erst jetzt fällt sein Blick auf die Mappe … er bleibt stehen.
Er nimmt sie, schließt die Papiere fest in seine Arme und sieht mich glücklich an: „Mein Gott! Danke. Vielen Dank! Sie haben mir das Leben gerettet!"

Wie bitte? Das Leben gerettet, mit ein paar Blättern Papier? Jetzt sehe ich ihn fragend an.

„Ja, wirklich", erklärt er freundlich. „Das ist mein Text. Meine Rolle. Ich soll das heute Abend hier im ‚Zimmertheater' spielen. Jemand ist krank geworden, und da haben sie mich angerufen. Gestern Nacht um zwei Uhr! Ein Notfall! Ich kenne den Text natürlich, ich habe das in München gespielt, aber das war vor Monaten. Das wird verdammt schwer, verstehen Sie? Dreißig Seiten Text, der reine Wahnsinn, ich bin total nervös. Um fünf proben wir und um acht geht's los. Verrückt. Total verrückt!"

„Oh", sage ich, „da wünsche ich Ihnen aber viel Glück! Sie machen das sicher gut, ganz sicher!"

„Danke", sagt er, während er die Mappe in die Tasche steckt. Plötzlich hat er wieder den Apfel in der Hand.

„Welches Stück spielen Sie denn, wenn ich fragen darf?"

„Schiller", antwortet er.

Der Apfel, denke ich, natürlich, der Apfel!

„Tell?", frage ich wie ein Schuljunge, „Wilhelm Tell?"

„Nein. Warum gerade Wilhelm Tell?", fragt er erstaunt. Als ich auf den Apfel zeige, muss er laut lachen.

„Ach so! Ich verstehe! Gute Idee! Aber nein, der Apfel spielt nicht mit. Das ist nur die Portion Vitamine vor der Arbeit. Wir spielen ‚Die Räuber'. Ganz modern, ohne Wald und Schloss."

„Aha", sage ich, „das wird sicher interessant."

„Ja, ganz sicher", lacht er, „wenn Sie Lust und Zeit haben, können Sie ja kommen."

„Ja, gute Idee, warum nicht?"

„Prima, dann reserviere ich an der Kasse eine Freikarte für Sie. Code-Wort: ‚Wilhelm Tell'. Einverstanden? Jetzt muss ich aber los. Bis später dann."

Und schönen Tag noch!

Meissner versteht die Welt nicht mehr. Was ist denn hier los?
Alles so anders heute! Er ist ja immer sehr freundlich … aber die
anderen?

Das hat vorhin mit der Sekretärin angefangen. Nein, schon
vorher, mit der Kellnerin in der Cafeteria. Oder nein, noch früher,
eigentlich bereits mit dem Zeitungsverkäufer unten am Kiosk.

„Halt", hat der gerufen, „Herr Meissner, Ihr Wechselgeld!"

„Ach ja, stimmt, danke."

„Aber klar doch, und schönen Tag noch."

‚Aber klar doch …', so klar war das nicht, und ‚Schönen Tag',
das hat der Typ noch nie gesagt. Meissner wünscht immer einen
guten Morgen, aber normalerweise bekommt er da keine Antwort.
Und … woher weiß der Kerl eigentlich seinen Namen? Komisch.

Dann die Kleine unten in der Cafeteria. Er bestellt immer ganz
charmant seinen Kaffee und sie knallt ihm dann die Tasse ziemlich lustlos auf die Theke, ohne Muh und Mäh: ‚Einmal Kaffee,
1,80. Der nächste, bitte.'

Heute hat sie gelächelt.

‚Einen Kaffee? Aber gerne! Wie immer mit Milch und Zucker? Sehr gerne, Herr Meissner. Dazu heute vielleicht ein frisches Croissant? Nein? Wie Sie wünschen, aber setzen Sie sich doch, ich bringe Ihnen den Kaffee. Wie immer.'

Wie immer, wie immer! Was soll das heißen: wie immer? Nichts ist wie immer!

Und nun, wie gesagt, auch noch die Sekretärin. Er gibt sich ja immer Mühe, ein guter Kollege zu sein. Fair, offen und nicht autoritär. Er tut alles für ein angenehmes Klima im Büro. Er hat Humor und ist tolerant. Aber die anderen machen da nicht mit. Vor allem die Sekretärin ist meistens schlechter Laune, unmotiviert und faul: permanent lange Privatgespräche am Telefon und noch längere Kaffeepausen.

Heute hatte er auch noch einen unangenehmen Job für sie. Eine Liste mit schwierigen Kunden, die sie anrufen muss. Normalerweise protestiert sie da immer. Macht ein böses Gesicht und schimpft: ‚Warum immer ich?' ‚Das ist doch nicht mein Bier!' usw.

Aber heute ist das ganz anders. Alles kein Problem.

„Keine Sorge, Herr Meissner, ich weiß Bescheid. Mache ich gerne", hat sie sofort gesagt, „Sie können in aller Ruhe in Ihr Büro gehen." Wirklich unglaublich!

„Ach ja, und noch was", hat sie dann noch geflötet, „der Chef will Sie sprechen. Muss nicht gleich sein. Wann immer Sie Zeit haben."

„Keine Sorge, mache ich", hat er immer noch erstaunt geantwortet und ist dann in sein Büro gegangen.

Und so sitzt Meissner nun an seinem Schreibtisch und sieht aus dem Fenster.

Keine Sorge, keine Sorge. Gerne, und schönen Tag noch. Was für ein seltsamer Morgen, denkt er.

Irgend etwas stimmt da nicht. Freitag, sonst der Stresstag, aber heute … alle so freundlich, so kooperativ … so kooperativ, dass er im Moment praktisch nichts zu tun hat. Er kann sogar Zeitung lesen, nicht lange natürlich, aber ein paar Minuten, warum nicht … ein paar Überschriften zumindest.

Sport: Seine Mannschaft hat überraschend gewonnen. Gegen den Champion. Nanu? So was! Sie hatten zuletzt fünfmal verloren. Dann Politik: Dieser schreckliche Präsident hat aufgehört. Gut so, das war ja auch höchste Zeit. Wirtschaft: Die Situation auf dem Arbeitsmarkt wird besser, endlich wieder weniger Arbeitslose. International: Eine europäische Initiative für den Frieden.

Schön, schön, denkt er. Nur Positives. Das ist aber eigentlich auch nicht normal.

Er sucht und sucht, findet aber nichts Schlimmes. Weder neue Krisen noch Kriege, keine Katastrophen, keine Unfälle. Nicht einmal eine private Tragödie aus Hollywood.

Na gut, denkt er, dann eben nicht. Die Welt ist in Ordnung, und hier im Haus diese Harmonie. Aber etwas stimmt da doch nicht. Alles so positiv, alles so freundlich. Wo verdammt ist der Haken?

Er überlegt noch mal, er geht noch mal im Geiste vom Kiosk zum Sekretariat. Irgend etwas ist da doch faul, aber er findet nichts … oder?

Ach Gott, denkt er, was hat die Sekretärin noch gesagt? Er soll zum Chef kommen. Der will mit ihm sprechen. Hm … der Chef will sonst nie mit ihm sprechen.

Und plötzlich fällt es ihm wie Schuppen von den Augen.

Klar, denkt er, sie wollen mich hier rauswerfen! Entlassen! Das ist es. Die wissen alle schon Bescheid. Nur er nicht. Ein Komplott, hinter seinem Rücken! Daher auch das ganze freundliche Getue. Zum Abschied. Aus Mitleid. Aus Schadenfreude.

Und seinen Posten bekommt die Sekretärin. Deshalb ist sie auch so fleißig und freundlich und hilfsbereit. Sie rechnen schon nicht mehr mit ihm. Und der Kaffee vorhin, das war schon die Henkersmahlzeit gewesen.

Er sieht aus dem Fenster. Herrliches sonniges Frühlingswetter. Was tun? Warten? So tun, als ob nichts wäre? Sich verstecken? Oder weglaufen? Nein, das hat ja alles keinen Sinn. Also los, hoch zum Chef.

Auch der Chef lächelt. Natürlich!

„Ah, Herr Meissner, nehmen Sie doch Platz, bitte schön. Wie geht's denn so? Gute Woche bisher?"

Aha, denkt Meissner, diese Nummer. Zuerst recht freundlich und dann die fiese bittere Wahrheit. Aber nicht mit mir, ich spiele da nicht mit. Ich lasse mich doch nicht veräppeln. Du antwortest ‚Danke, fantastisch und Ihnen hoffentlich auch', und dann werfen sie dich raus. Nee, nicht mit mir.

„Geht so", sagt er kurz. Nein, er wird sich hier nicht lächerlich machen.

„Aha", murmelt der Chef ein bisschen irritiert. Er zögert.

„Na ja, kommen wir zur Sache. Sie wissen ja, Zeit für Veränderungen, wir strukturieren gerade ein wenig um. Die Abteilung, die Filiale, die ganze Firma."

Klar, denkt Meissner, das übliche Geschwätz und dann der Laufpass. Zwanzig Jahre Arbeit, Körper und Seele für die Firma und nun so ein Ende.

„Wir müssen rentabler werden, dynamischer, Konzentration des Know-hows, Synergieeffekte, Sie wissen …"

Blablabla, denkt Meissner, komm, dann spuck's schon aus, sag's mir ins Gesicht …

„Na ja, kurz, wir brauchen Sie nicht mehr …"

Da ist sie, die Katastrophe! Er hat es doch gewusst! Es läuft ihm kalt den Rücken hinunter.

„… da unten in der Administration. Wir brauchen Sie hier oben

im Management, in der Chefetage. Hier ist Ihre Erfahrung jetzt gefragt. Kurz, Herr Meissner, wir möchten Sie endlich befördern."
Was? Wie? Meissner versteht gar nichts mehr.
Der Chef grinst.
„Wahrscheinlich keine Überraschung für Sie. Das war allerhöchste Zeit, das wissen wir beide."
Er steht auf und schüttelt Meissner die Hand.
„Das war schon alles, Sie können gehen, über die Einzelheiten sprechen wir noch in aller Ruhe."
Meissner steht auch auf und taumelt zur Tür.
Das kann doch nicht wahr sein. Das träumt er doch nur. Gleich wird er aufwachen …
„Ach, eine Sache noch", hört er noch einmal die Stimme des Chefs.
Jetzt kommt's, denkt Meissner, alles nur ein Scherz. Ein böser Scherz. Ätsch ätsch, reingefallen!
Langsam dreht er sich um.
„Hören Sie, Meissner", sagt der Chef, „ist mir etwas unangenehm, Ihnen das sagen zu müssen …"
Ich habe es ja gewusst, denkt Meissner, alles zu schön um wahr zu sein. Der Haken kommt noch. Das Faule an der Sache …
Der Chef kommt um den Tisch und legt seinen Arm um ihn.
„Ich weiß gar nicht, wie ich Ihnen das sagen soll."
Oh Gott, jetzt kommt's!
„Ich meine, es hat sich niemand beschwert oder so, aber … Sehen Sie, wir sind eine moderne Firma und legen großen Wert auf ein harmonisches, menschliches Klima. Ich habe Sie in letzter Zeit ein wenig beobachtet. Ich meine, wir sind alle mal ein bisschen gestresst und nervös. Aber Sie laufen hier immer mit einer so finsteren Miene herum, als ob Ihnen alle etwas Böses wollten. Ich finde, Sie könnten ruhig ein bisschen freundlicher sein, gelassener, fröhlicher. Das würde auch zu Ihrem neuen Job gut passen. Und unsere Mitarbeiter haben das auch wirklich verdient."

Er klopft ihm auf die Schulter.

„Sie verstehen doch, was ich meine?"

Meissner nickt.

„Na also. Das ist auch schon alles, Herr Meissner. Und schönen Tag noch!"

Fragen und Antworten

Kay Sandner liegt wach im Bett. Er denkt nach. Das macht er oft so, wenn er nicht einschlafen kann. Spät nachts, das ist ein guter Moment für Reflexionen: Wie war das heute? Oder: Was ist morgen zu tun?

Aber in diesem Moment geht es nicht um heute und morgen, sondern um das ganze Leben. Das Leben allgemein, und natürlich speziell s e i n Leben.

Er philosophiert, er reflektiert, er analysiert ... kurz: Kay Sandner zieht heute Abend Bilanz.

Es gibt eine Zeit für Fragen, denkt er, und es gibt eine Zeit für Antworten.

Wenn man jung ist, als Kind, als Schüler, als Student, da hat man viele Fragen. Man ist unsicher und neugierig, man möchte alles wissen. Über die Dinge, über die Welt.

Also fragt man. Die Eltern, die Freunde, die Lehrer. Man fragt und fragt. Man ist auf der Suche. Man will alles kennenlernen, ausprobieren, erforschen. Das Ich, das Du, das Leben.

Ja, ja, die Jugend! Komplizierte Jahre, all die Probleme und Zweifel. Aber auch eine faszinierende Zeit. Die Epoche der Entdeckungen, der Abenteuer, alles scheint möglich.

Und dann die Studentenzeit! Die Zeit der endlosen Unterhaltungen über Gott und die Welt. Mensch, was haben er und seine Freunde miteinander gesprochen, diskutiert und manchmal auch gestritten! Vor allem an Jim kann er sich gut erinnern. Sein bester Freund damals. Der hat immer aus Büchern vorgelesen: Hesse, Dostojewski, solche Sachen. Was haben sie geredet! Nächtelang! Voll Idealismus und Begeisterung! Über Bücher und Filme, über Religion, Philosophie, Politik. Die Welt verstehen, die Welt verändern. Aber wie? Jede Nacht ein neuer Versuch, und jede Antwort eine neue Frage.

Kay Sandner setzt sich auf. Vorsichtig, seine Frau Monika neben ihm schläft schon lange.

Jetzt, mit Mitte dreißig, ist diese Jugend endgültig vorbei.

Und damit die Zeit der Fragen. Jetzt geht es vor allem um die Antworten. Mit Mitte dreißig kann man ruhig eine erste Bilanz ziehen.

Natürlich darf man auch jetzt noch Fragen stellen, aber ein paar Antworten sollte man schon gefunden haben. Nein, das macht ihn auch nicht nervös. Er kann mit gutem Gewissen sagen, dass er viele Antworten hat. Nein, er braucht sich nicht zu verstecken. Sein Leben ist voller Antworten, sein Curriculum kann sich sehen lassen. Ja, seine Biographie ist im Prinzip eine einzige konsequente Antwort.

Nach dem Abitur hat er zuerst eine große Reise gemacht. Sechs Wochen mit dem Bus durch Südamerika. Er und Jim. Das große Abenteuer. Am liebsten wäre er länger geblieben, aber die Universität wartete schon. Ingenieur, auch das war eine gute Entscheidung.

Ein interessantes Studium, eine gute Basis, ein Beruf mit vielen Möglichkeiten. Sprachen kann man auch so lernen. Mit Philosophie kann man sich auch in der Freizeit beschäftigen. Und Freiburg war natürlich ein idealer Studienort. Mit diesem Studium konnte er auch ins Ausland. Ein Semester in Genf, ein Praktikum in Dublin. Tolle Erfahrungen.

In Dublin haben sie ihm sogar einen Job angeboten, aber er konnte nicht bleiben, weil er an der Uni in Freiburg noch nicht fertig war. Auch Cathy lernte er dort kennen, seine erste wirklich große Liebe. Aber wie gesagt, er musste zurück nach Freiburg.

Die zwei Jahre Spezialisierung waren anstrengend, aber auch das hat sich schließlich gelohnt. Denn seinen Job danach hat er nur durch dieses Zusatzstudium bekommen. Sein Traumjob, damals.

Gut, nicht in der Traumstadt. Auf diese Stadt in Norddeutschland
hatte er keine so große Lust. Aber man kann nicht alles haben.
Und es sollte ja nur eine Zwischenstation sein, ein Sprungbrett.
Aber dann hat er gleich Monika kennengelernt. Hier in der Firma.
Liebe auf den ersten Blick. Fast jedenfalls. Verliebt in die Abtei-
lungsleiterin, was für ein Berufsanfang! Dass sie auch noch die
Tochter des Firmenchefs war, hatte er nicht gewusst. Er hat das
erst ein paar Wochen später erfahren. Zufällig, und nicht von ihr.
Da hatten sie sich schon ein paar Mal getroffen. Privat.
Für Monikas Vater war die Sache zwischen ihr und ihm von
Anfang an okay. Und in der Firma ist es kein Thema: Kay hat da
weder Vorteile noch Nachteile. Beruf und Privatleben sind zwei
Paar Stiefel. Das klappt ausgezeichnet.

Natürlich würde der alte Herr es nicht verstehen, wenn Kay hier
in der Stadt zu einer anderen Firma wechseln würde. Aber dafür
gibt es auch keinen Grund. Kay hat in der Firma schon einiges
erreicht und er kann noch weiter nach oben steigen. Die Perspektiven sind ausgezeichnet.
Auch privat versteht er sich prima mit Monikas Eltern. Die
Herrschaften haben ihnen sogar mal angeboten, zu ihnen zu
ziehen. Sie haben am Stadtrand ein riesiges Haus, mit einer
Extra-Wohnung im zweiten Stock. Ein freundliches Angebot,
aber Monika und er haben das am Ende nicht gemacht. Zu wenig
Distanz, zu wenig Intimität. Sie wollten beide mehr Freiheit. Auch
Monika, das war wichtig für ihn.
Damals hat er auch noch einmal kurz überlegt, mit Monika in
eine andere Stadt oder sogar ins Ausland zu gehen. Er war sich
allerdings nicht sicher, ob auch Monika wirklich Lust hatte. Sie
haben manchmal darüber gesprochen, aber nie richtig ernst. Ein
Gedankenspiel, nichts weiter. Und im Grunde ziemlich unver-
nünftig. Monika ist weltoffen, aber sehr glücklich hier. Und er
auch.

Sie haben dann selbst ein Haus gekauft. Nicht weit von den Eltern, aber doch mit einem gewissen Abstand. Die Hypothek ist saftig, aber das schaffen sie schon. Sie verdienen beide gut. Sie sind jetzt schon über fünf Jahre zusammen, immer noch unverheiratet. Sie brauchen das nicht. Sie finden das altmodisch und überflüssig. Sie haben keine Kinder. Sie planen da auch nichts. Vielleicht irgendwann mal. Sie haben ja noch Zeit. Momentan genießen sie einfach ihre Freiheit. Ihre Lebensqualität. Die ist hoch. Sehr hoch. Das Haus liegt genial. Mitten im Grünen. Mit Garten. Deshalb haben sie sich auch einen Hund gekauft. Cassy, ein ganz süßer Mischling aus dem Tierheim. Mit dem Auto sind es fünfzehn Minuten ins Stadtzentrum, mit dem Fahrrad nur fünf Minuten in den Wald.

Am Samstagmorgen geht er da oft mit Cassy spazieren, nachmittags machen sie manchmal eine Radtour an den kleinen See. Sie haben auch ein Theater-Abo. Er ist manchmal zu müde, dann nimmt Monika ihre Mutter oder eine Freundin mit. Er bleibt dann zu Hause, geht kurz mit dem Hund raus und liest dann Zeitung, ganz gemütlich auf dem Sofa.

Er interessiert sich immer noch für Politik. Monika auch. Sie versuchen sich zu engagieren. Monika hat letztes Jahr bei einer Bürgerinitiative im Dorf mitgemacht. Und neulich waren sie wieder einmal bei einer Demonstration.

Doch, sie bemühen sich. Tram statt Auto. Nicht immer, aber ab und zu, obwohl die Fahrt zur Arbeit dann zwanzig Minuten länger dauert. Und im Sommer fahren sie auch mal mit dem Fahrrad. Sie trennen den Müll und spenden regelmäßig für gute Zwecke.

Ihre Reisen sind immer noch ziemlich alternativ. Ein Flug, ein Mietauto und schon geht es los. Oder per Internet ein schönes Haus zwei Wochen auf dem Land irgendwo im Süden. Dann kann auch Cassy mitkommen.

Nur letztes Jahr, da waren sie mal ganz organisiert in Florida. Monika hatte sich das gewünscht, und warum auch nicht? Nicht sein Ding, aber auch mal ganz interessant.

Beide arbeiten viel, aber dennoch versuchen sie, sich Zeit zu nehmen. Fernsehen langweilt sie beide. Zum Glück. So haben sie mehr Zeit. Auch um Sport zu machen, fit zu bleiben. Monika geht mit ihren Freundinnen ins Fitness-Studio, er spielt mit den Kollegen am Donnerstagabend Fußball.

Seit kurzem hat er ein neues Hobby, obwohl er das selbst kaum glauben kann: Er spielt Golf. Er! Er hat darüber früher immer Witze gemacht, aber neulich hat ihn Monikas Vater eingeladen und mitgenommen … und es hat ihm richtig Spaß gemacht.

Freunde haben sie jede Menge. Gute Freunde. Von Monikas Jugendfreundinnen bis zu neuen Kollegen in der Firma. Im Winter trifft man sich nicht so oft. Aber im Sommer. Ständig Grillpartys. Praktisch jedes Wochenende.

Seine alten Freunde hat er natürlich über die Jahre aus den Augen verloren. Klar, die Wege sind weit auseinandergegangen. Den einen oder anderen hat er mal auf einem Klassentreffen wiedergesehen oder Weihnachten, wenn er seine Familie bei Köln besucht. Vor kurzem hat er mal versucht, die alten Freiburger Studienfreunde wieder zu versammeln. Das hat auch geklappt, und war natürlich sehr interessant. Was alle heute so machen. Die meisten sind Lehrer geworden, eine Architektin, einer Schauspieler. Einer wohnt sogar ganz in seiner Nähe. Ein schöner Abend und sie haben wieder ziemlich viel getrunken.

Nur Jim war nicht da und von dem hat auch niemand was gewusst. Keine Informationen, auch nicht im Internet. Spurlos verschwunden. Schade, ihn hätte er am liebsten wiedergesehen.

Plötzlich hat er Durst. Ein Glas Wasser, denkt er, oder besser ein Bier. Dann kann er vielleicht einschlafen. Kay Sandner steht auf und geht zur Küche.

Na ja, auf jeden Fall, auch bei diesem Treffen hat er feststellen können: Er muss sich nicht verstecken. Er hat in diesen Jahren einiges erlebt, er hat einiges auf die Beine gestellt, und er hat auch einiges erreicht. Und es sieht auch für die Zukunft gut aus.

Er nimmt eine Flasche Bier aus dem Kühlschrank, gießt sich ein Glas ein und setzt sich an den großen weißen Esstisch.

Seine Bilanz kann sich sehen lassen. Er hat eine Menge Antworten. Wahrscheinlich mehr als die meisten. Nur … etwas stört ihn. Aber was?

Er nimmt einen Schluck und sieht aus dem Küchenfenster. Er versucht, etwas zu erkennen, aber das Fenster spiegelt. Er sieht nur sich selbst, an dem großen weißen Tisch.

Seine Antworten sind überzeugend, konsequent. Sie sind vollständig, unangreifbar, nur …
Es sind keine Antworten auf die Fragen, die sie sich damals gestellt haben.

Die letzte Tram

An der Haltestelle sitzt einer. Gut, denke ich, dann bin ich nicht zu spät, dann muss noch eine Tram gehen. Ach! Sie steht sogar schon da, nur schwach beleuchtet, mit geschlossenen Türen. Ich laufe noch schneller, kurz nach Mitternacht, das müsste die letzte sein.

Aber vielleicht muss ich mich gar nicht beeilen: Das hier ist ja die Endhaltestelle. Oder die Starthaltestelle, wie man will. Wenn die Straßenbahn schon dasteht, bedeutet das nicht, dass sie sofort losfährt. Sie hat ihr Ziel erreicht und wartet jetzt auf die neue Tour. Wahrscheinlich die letzte Runde.

Der Typ auf der Bank bleibt in aller Ruhe sitzen. Das beruhigt mich. Wenn der nicht einsteigt, habe ich sicher noch Zeit. Der wird es ja wohl wissen. Trotzdem renne ich das letzte Stück.

Puh! Geschafft! Ich erreiche die Haltestelle. Der Mann sitzt immer noch da, ganz ruhig und bequem mit dem Rücken gegen die Glaswand.

Cool, der Junge, denke ich, der weiß ganz genau, wann es losgeht. Einer von den Informierten, mit dem Fahrplan im Kopf oder in der Tasche. Nicht so wie ich, der immer nur auf gut Glück zur Haltestelle rennt. Vielleicht lerne ich das auch mal.

Als ich näher komme, merke ich, dass ich mich getäuscht habe. Dass ich mich vielleicht besser nicht an dem Typen orientieren sollte.

Aus der Nähe sieht er nämlich weniger informiert aus. Unrasiert, geschlossene Augen, Dose neben sich. Ich glaube, der schläft. Der sitzt da, ob mit Tram oder ohne. Und der wird da auch sitzen bleiben, ob das nun die letzte ist oder nicht. Der ist wegen der Holzbank hier und wegen des Plastikdachs, und nicht wegen der Tram.

Aber egal, ich bin jedenfalls rechtzeitig gekommen, die Stra-

ßenbahn steht noch da und kann jetzt nicht mehr ohne mich
losfahren.

Sie kann im Moment überhaupt nicht losfahren, merke ich jetzt,
denn sie ist nicht nur halb dunkel, sondern auch ganz leer. So leer,
dass nicht einmal ein Fahrer drin ist.

Aber natürlich, es ist ja die Endhaltestelle. Wahrscheinlich werden
die Fahrer hier immer eine kurze Pause machen. Aussteigen, sich
ausruhen … Ich sehe mich um. Auf der anderen Straßenseite ist
ein Café. Noch geöffnet. Alles klar.

Aber das heißt auch, dass die Tram vielleicht erst in zehn oder
fünfzehn Minuten fährt. Wie blöd! Zuerst renne ich wie ein Idiot
und jetzt muss ich hier dumm in der Kälte herumstehen. Neben
diesem finsteren Typen, der sich natürlich so auf die 3-Personen-
Bank gepflanzt hat, dass weder links noch rechts Platz für mich
ist.

Und die fahrerlose und sparbeleuchtete Straßenbahn ist natürlich
korrekt verschlossen, da bin ich mir sicher. Trotzdem drücke ich
auf den grünen Knopf neben der Einstiegstür vorne, aus Lange-
weile, aus Nervosität, was weiß ich. Die Tür geht auf.

Nanu, wundere ich mich, der Fahrer ist ja ganz schön leichtsinnig.
Geht Kaffee trinken und lässt sein Dienstfahrzeug einfach so
offen in der Gegend stehen.

Aber vielleicht muss das so sein, damit die Fahrgäste schon
einsteigen können, damit die Leute, vor allem die Frauen, nicht so
lange hier draußen rumstehen müssen, neben so dunklen Typen
wie dem auf der Bank.

Ich werfe noch einmal einen Blick auf ihn, jetzt sehe ich die Zigarette zwischen seinen Fingern. Aha, er schläft also doch nicht.

Ich steige ein, draußen auf der Bank ist ja kein Platz, und neben
dem Typen möchte ich sowieso nicht sitzen.

Zuerst will ich ganz nach hinten gehen, möglichst weit weg von diesem Kerl, aber dann denke ich: Nein, ganz im Gegenteil, besser, ihn ein wenig im Auge zu behalten. Ich setze mich gleich in die dritte Reihe direkt ans Fenster.

Langsam gewöhnen sich meine Augen an das schwache Licht. Ich blicke mich um. Vielleicht liegt irgendwo eine Zeitung, eine von diesen Gratis-Blättern. Aber nichts … ich sehe wieder nach draußen.

Der Typ hat jetzt die Augen auf, zieht an seiner Zigarette und …
schaut durch das Fenster direkt zu mir herein. Dann dreht er sich
ganz langsam zur Seite, sieht nach links, nach rechts, kein Mensch
weit und breit. Wir sind alleine, mutterseelenalleine.
Mein Gott! Hat der nur darauf gewartet, dass ich einsteige? Ist das
ein Trick und ich sitze jetzt hier drinnen in der Falle? Ich versuche
mich zu beruhigen. Die Straßenbahn hat ja notfalls mehrere
Ausgänge … aber was, wenn um diese Zeit nur die vordere Tür
aufgeht? Und er das weiß? Dann sitze ich hier schön in der Tinte.
Mein Gott, wo bleibt nur der Fahrer? Der müsste langsam zurück-
kommen!
Ich blicke auf die andere Seite und versuche, durch das reflektie-
rende Fensterglas etwas zu erkennen. Das erleuchtete Café, aber
niemand zu sehen.
Raus!, denke ich. Ich steige einfach wieder aus, und warte
draußen, bis der Fahrer kommt. Mit Sicherheitsabstand auf den
Kerl da.
Aber der ist schon an der Tür. Als hätte er meine Fluchtgedanken
gelesen. Ich stehe auf, aber schon steht der Typ vorne neben dem
Fahrersitz. Keine Chance, zu spät. Der Fluchtweg ist schon abge-
schnitten.
Was macht der da, was manipuliert der da rum? Plötzlich geht das
Licht ganz aus! Oh nein! Ich sehe ihn nur noch als Schatten, als
Silhouette gegen das Laternenlicht draußen. Davor die glühende
Zigarette in seiner Hand. Und jetzt? Er greift in seine Hosentasche
und hat plötzlich etwas Silbernes in der Hand. Ein Messer? Oh
nein, der meint es wirklich ernst!
„Setzen Sie sich", höre ich ihn plötzlich sagen.
„Ja, ja, schon gut", flüstere ich. Und mache einen Schritt nach
hinten.
Und er? Beugt sich irgendwie über den Fahrersitz. Was soll das
jetzt bitte?

Plötzlich vibriert die Straßenbahn, der Raum taucht in das helle Licht der Neonlampen.

„Setzen Sie sich!", sagt der Typ noch mal, grinst und wirft die Zigarette durch die offene Tür, die sich einen Moment später schließt.

„Geht gleich los."

Langsam lässt er sich auf den breiten Fahrersitz fallen, dreht an einem Schalter, drückt auf einen Knopf.

„Letzte Runde, dann ist Feierabend."

Paulis Fatamorgana

Ein Samstagmorgen im Stadtzentrum. Herr Pauli steht neben
seinem Auto an der Hauptstraße, er hat keinen Parkplatz
gefunden und einfach angehalten. Mitten im Verkehrschaos.
Nervös steht er da, lange kann er hier nicht bleiben. Die Autos
hupen schon und die Fußgänger sehen ihn böse an. Wütend.
Ja, ja, schon gut, er weiß, sein Auto steht halb auf einem Zebrastreifen und ganz im absoluten Halteverbot. Er würde ja auch
gerne wegfahren, jetzt sofort, aber das geht halt nicht. Er muss
warten, am Rande dieser Blechlawine.
„So ein Mist", findet er und hat völlig recht. Da sieht er plötzlich,
auf der anderen Straßenseite … eine richtig attraktive Frau.

Eine Fatamorgana, denkt er zuerst, da die Frau auch noch in einer
echten Oase sitzt: ein Straßencafé inmitten von großen grünen
Pflanzen. Eine ganz unwirkliche Idylle. Fast allein sitzt sie da,
kaum jemand hat jetzt Zeit für einen Kaffee. Alle sind im Kauf-
rausch für das Wochenende.
Die Autos hupen weiter, aber Herr Pauli hört sie jetzt nicht mehr.
Er sieht nur noch die Frau in dem Café.
Er findet alles an ihr attraktiv. Wie sie dasitzt, wie sie raucht, wie
sie an ihrem Kaffee nippt. Wie sie Zeit hat. Wie sie sich Zeit lässt.
Übrigens: Auch ihren Kaffee, eine riesige „Latte Macchiato" im
Glas, findet er attraktiv. Herr Pauli hat noch nicht mal gefrüh-
stückt.
Natürlich hat er sich den Samstag ganz anders vorgestellt. Er
wollte lange schlafen, dann aufwachen und noch ein bisschen
liegen bleiben, vielleicht noch einmal einschlafen, danach
langsam aufstehen und kurz duschen, später raus, Brötchen
kaufen, die Zeitung aus dem Briefkasten holen und dann in aller
Ruhe frühstücken.

So wie die Frau jetzt. Eine tolle Frau. Souverän. Wie sie nun ihr Zuckertütchen schüttelt und in ihr Glas schüttet. Wie sie langsam umrührt und sich dabei lässig umschaut: eine Königin, mitten im Chaos.

Auch er war vorhin noch ein König. Vor einer halben Stunde lag er noch herrlich im Bett. Da hat es plötzlich geklingelt. Nein, nicht der Wecker (der war natürlich nicht gestellt), sondern das Telefon. Nanu? Noch nicht mal zehn Uhr, wer zum Kuckuck kann das sein?

„Schatz, ich bin schon in der Stadt, weil ich etwas erledigen musste, kannst du mich nachher bitte abholen?"

Herr Pauli hat sofort nach rechts geschaut: Tatsächlich, das Bett war leer und seine Frau am Telefon.

Er sieht jetzt, wie die Frau dem Kellner winkt. Freundlich, nicht arrogant. Sie spricht kurz mit ihm. Ein kleiner Flirt, der Kellner antwortet, beide lachen. Wie gerne würde Herr Pauli jetzt einfach über die Straße gehen, sich zu ihr setzen (oder zumindest an den Nebentisch!), und auch so einen Kaffee bestellen, und auch so lachen. Und vielleicht noch ein Croissant dazu.

Aber das geht ja nicht. Er steht mitten auf der Straße, parkplatzlos und kann nicht weg von seinem Auto.

Oder soll er es riskieren? Ein kleiner Sprint, ein kurzer Gruß, ein Kaffee *to go*.

„Tut mir leid", würde er zu ihr sagen, „aber ich muss zurück zu meinem Auto."

„Schade", würde sie antworten, „aber klar, ich verstehe."

Dann würde sie zusehen, wie er seinen Kaffee lässig durch den tosenden Verkehr balanciert. Ein Mann, sein Kaffee, sein Auto. Aber nicht einmal das geht! Er muss verdammt nochmal bei seinem Karren bleiben. Warum muss er immer in der zweiten Reihe stehen?

„Aber warum hast du das nicht früher gesagt?", hat er ins Telefon protestiert.

„Wann denn früher, Schätzchen? Hätte ich dich heute morgen um acht wecken sollen? ,Kannst du mich abholen, so in zwei Stunden vielleicht? Und träum noch was Süßes!'"

„Nein", hat Herr Pauli gejammert, „nicht heut früh. Aber gestern. Warum hast du gestern nichts gesagt?"

„Liebling, vielleicht erinnerst du dich, wir haben uns gestern gar nicht gesehen. Du bist ziemlich spät nach Hause gekommen. Da war ich schon lange im Bett."

„Ach ja", hat Herr Pauli ein bisschen kleinlaut akzeptiert. „Stimmt."

Freitagabend, Feierabend, da geht er mit seinen Kollegen immer noch ein Gläschen trinken.

Und genau deshalb bräuchte er jetzt auch dringend so einen Kaffee. Nicht hier, im Chaos und im Stehen, sondern da drüben am Tisch, neben dieser Frau. Er sieht wieder zu ihr.

Da sitzt sie, leicht geschminkt, in einem wunderbaren blauen Sommerkleid. Schlicht und elegant. Ihre Handtasche auf dem Tisch, eine Tüte auf dem Stuhl. Oder besser gesagt: ein Tütchen. Das ist alles.

„Übrigens, vielleicht hast du das gar nicht gemerkt, aber wir haben uns die ganze Woche kaum gesehen", hat seine Frau noch gesagt, „du warst offenbar sehr beschäftigt."

„Schon gut, schon gut, ich komm ja gleich."

Das Leben ist kompliziert, denkt er, und könnte so einfach sein! Zum Beispiel: ein ruhiger angenehmer Ort, zum Beispiel ein Café. Darin eine Frau, zum Beispiel diese wunderbare Fee in ihrem Sommerkleid. Daneben ein Mann, zum Beispiel er. Davor zwei große Kaffees, und dann plaudert man. Aber nicht über Arbeit und Aufgaben und ,gestern bist du wieder spät nach Hause gekommen'! Nein, nichts davon! Man spricht über … na ja, die

Zeit, das Leben, die Freiheit und so.

Das wär's!, denkt Herr Pauli. Aber schon ein paar Augenblicke später fallen die hoffnungsvollen Pünktchen vom a: Das war's. Ja, das war's.

Denn bevor Adam das Paradies betreten könnte, will es Eva schon verlassen: Plötzlich steht die Frau auf, winkt dem Kellner und legt ein paar Münzen auf den Tisch. Und dann geht sie los.

Aber Moment mal! Sie kommt gerade auf ihn zu!

Oh Gott, denkt er, der Zebrastreifen! Wird sich seine sanfte Göttin gleich in eine schimpfende Fußgängerin verwandeln? Bitte nicht …

Aber nein, am Straßenrand bleibt sie einen Moment stehen, sieht nach links, sieht nach rechts und dann … dann sieht sie ihn an, lächelt zauberhaft und … gibt ihm ein Zeichen! Ihm! Außerdem hält sie was in der Hand. Nein, keinen Kaffee *to go*. Ein Kuvert oder so was.

Nanu, denkt er, was ist bitte jetzt los? Vorsichtig hebt er die Hand und grüßt zurück. Keine sehr würdige Reaktion auf das Mysterium.

Aber egal! Denn in großen Schritten kommt sie nun auf ihn zu und fällt ihm plötzlich um den Hals.

„Schatz", flüstert sie, „wie lieb, dass du gekommen bist, aber …"

Sie strahlt ihn an und gibt ihm einen dicken Kuss.

„… ich habe auch eine Überraschung für dich."

„Überraschung?", sagt er leise, „was für eine Überraschung?"

Geheimnisvoll zeigt sie auf das Kuvert.

„Eine Reise, mein Lieber. Ich finde, du brauchst mal wieder bisschen Urlaub. Nächste Woche fliegen wir. Na, wie findest du das?"

„Hm, also", beginnt Herr Pauli. „Du … du bist so anders heute. Du siehst auch so anders aus …"

Sie strahlt ihn an, und umarmt ihn noch einmal.

„Gefällt dir das Kleid?", flüstert sie in sein Ohr. „Ich hatte vorhin noch ein bisschen Zeit. Da war ich shoppen, aber nur ein bisschen … ist doch schön, oder?"

„Und wie! Du siehst bezaubernd aus. Als ich dich da so im Café gesehen habe, habe ich zuerst gedacht …"

„Was denn?"

„Ach nichts. Aber ich bräuchte jetzt auch so einen Kaffee. Da drüben in der Oase."

„Aber gerne. Und das Auto?"

„Ach das Auto", lächelt Herr Pauli, „das lassen wir jetzt einfach mal so stehen."

Alles erledigt

Plötzlich steht sie da und fragt, ob er ihr helfen könne. Er erschrickt einen Moment, er hat sie nicht gehört. Er hat nicht einmal gewusst, dass sie da ist.

Natürlich kann er ihr helfen.

Mit dem Schrank im Wohnzimmer, erklärt sie. Sie hat keine Ahnung, wie man so was auseinandermontiert.

Er ist auch kein großer Handwerker. Aber den Schrank, das schafft er. Ein paar Schrauben, das ist alles. Unkompliziert.

Sie bedankt sich.

Er winkt ab.

„Kein Problem. Sonst noch was?"

Sie sieht auf das Bücherregal.

„Jetzt nicht, später vielleicht."

„Sag einfach Bescheid. Ich bin oben."

Einmal ruft sie ihn noch. Die Bücher sind jetzt in den Kisten. Das leere Regal muss noch weg. Noch einfacher als der Schrank. Eine Sache von zwei, drei Minuten.

Er kann die Kisten auch raustragen.

„Aber nur, wenn du wirklich Zeit hast", sagt sie und nimmt eine Kiste.

Draußen steht ein Mietauto. Nicht sehr groß. Aber für die Kisten ist genug Platz. Für ein paar Schrankteile auch.

Er hat Zeit. Er will nur oben das Büro aufräumen.

Die Kisten sind verdammt schwer. Zwei oder drei müssen sie zusammen nehmen. Sie hinten, er vorn.

Vorne im Auto liegen ein paar Wasserflaschen. Sie gibt ihm eine.

„Soll ich mitfahren?", fragt er.

Sie schüttelt den Kopf und legt ihm kurz eine Hand auf die Schulter.

„Danke, geht schon."

Er sitzt wieder oben. Hinter ihm Ordner, Dokumente, Briefe. Vor ihm ein Karton für Altpapier.

Er hört den Schlüssel unten an der Tür. Sie ist zurück. Er hört ihre Schritte. Immer wieder Geräusche. Ab und zu die Autotür. Plötzlich wieder ihre Stimme. Von der Treppe.

Ob er einen Kaffee wolle?

Er stellt den Karton auf den Tisch. Kaffee, warum nicht.

„Soll ich ihn dir hochbringen, oder kommst du runter?"

Er sieht auf den Karton.

„Ich komme runter. In fünf Minuten."

Sie hat auf der Terrasse gedeckt. Was heißt ‚gedeckt'? Der große Gartentisch ist nicht mehr da. Eine Thermoskanne, zwei Tassen, eine Papiertüte, ein Stuhl. Es ist warm draußen, richtig heiß. Der erste echte Sommertag dieses Jahr. Er setzt sich auf den Boden. Sie schenkt ein, nimmt die Tüte und reißt sie auf. Ein Croissant. Sie hält ihm das Croissant hin, er zögert, reißt dann ein Stück ab. Nicht die Hälfte, eine Ecke.

Sie bleibt stehen, an die Wand gelehnt, die Augen geschlossen, Gesicht zur Sonne.

„Und, ist es noch viel?", fragt er.

„Geht so", hört er sie antworten, „langsam wird es. Heute noch eine ganze Menge und morgen noch ein bisschen vielleicht."

Sie öffnet die Augen und sieht einen Moment lang ins Haus.

„Die Schränke vorhin, das war wichtig. Und die Bücher natürlich auch."

„Ruf mich, wenn ich dir noch was helfen kann."

„Danke, das ist echt nett. Ich gehe nachher in den Keller. Da könnte noch was kommen."

Er gießt noch einmal ein, beide Tassen.

„Wenn du mal einen Augenblick Zeit hast, komm mal hoch, ich hab' da noch ein paar Sachen gefunden."

„Gut, mach ich."

Sie schließt die Augen.

„Bei so einem schönen Wetter sollte man eigentlich was anderes
zu tun haben."

„Allerdings", nickt er.

Sie kommt dann gleich mit nach oben. Das heißt, fast gleich.
Zuerst tragen sie noch den Sessel raus. Und die Pflanzen. Das Sofa
bleibt.

„Die Bilder auch?", fragt er.

„Ja, aber nicht jetzt. Das kann ich nachher auch alleine machen."
Oben zeigt er ihr eine Schachtel mit Papieren. Falls sie da etwas
mitnehmen möchte. Er schiebt ihr einen Stuhl hin, aber sie bleibt
stehen. Keine fünf Minuten, dann ist sie fertig.

„Danke", sagt sie, klemmt sich ein paar Blätter unter den Arm
und geht wieder nach unten. Sein Blick fällt auf die Schachtel.
Die Fotos. Einige sind noch da. Aber nicht alle. Ein paar Minuten
später: die Autotür, der Motor. Sie fährt wieder weg.

Er hört lange nichts. Keine Schritte, keine Geräusche. Er sieht aus
dem Fenster. Kein Auto.

Einmal geht er nach unten. In die Küche. Niemand da. In der
Thermoskanne ist noch ein Schluck Kaffee. Die Tassen stehen
auch noch da. Er nimmt eine, gießt ein. Beim Trinken bemerkt er:
am Tassenrand, eine Spur Lippenstift. Er geht mit dem Kaffee ins
Wohnzimmer. Die leere Wohnung. Die meisten Möbel sind schon
weg. Er sieht durch das Fenster. Der Garten ist noch da, sieht aber
anders aus.

Vielleicht kommt sie gar nicht zurück, denkt er. Vielleicht ist sie
schon fertig, oder hat heute keine Lust mehr.

Sechzehn Uhr. Er beschließt rauszugehen, frische Luft zu
schnappen, bei dem wunderbaren Wetter. Eine kleine Runde

drehen, am Waldrand entlang, vielleicht eine Kleinigkeit essen. Dann noch einmal eine Büroschicht oben und dann weg hier.

Als er eine knappe Stunde später zurückkommt, steht das Auto wieder da. In der Küche zwei große Sandwiches, Schritte auf der Kellertreppe. Plötzlich steht sie in der Tür. Lächelnd.
„Ich dachte schon, du bist weg."
„Ich war auch nicht sicher, ob du nochmal zurückkommst."
„Ich hab' doch noch den Keller."
 Er grinst.
„Der Keller läuft ja nicht weg."
„Ja", stöhnt sie. „Leider."
Sie deutet auf den Teller.
„Der Sandwich ist ein Bestechungsversuch."
„Ach, ja. Wofür?"
„Schwarzarbeit an einem sonnigen Samstagnachmittag."
„In welcher Form?"
„In Form einer Waschmaschine. Ich habe das verdammte Ding ganz vergessen."
„Willst du die wirklich haben, die alte Kiste?"
„Klar, sie geht doch noch."
„Aber passt sie in deinen Wagen draußen?"
„Das will ich doch hoffen."
„Ich auch. Na, dann los."

Die Waschmaschine wird eine Riesenaktion. Verdammt groß und tonnenschwer. Und die Kellertreppe ist eng und steil. Sie versuchen es mit bloßen Händen, dann mit seinem Gürtel, dann mit einem Betttuch. Ihre Idee.
„Ein Betttuch. Ist noch irgendwo ein Betttuch?", fragt sie plötzlich. Fest entschlossen.
Das geht tatsächlich, ganz langsam, immer zwei Stufen, dann eine

Pause. Und wieder weiter.

Ihre Gesichter, rot vor Anstrengung, ganz nahe zusammen. Die Nasen berühren sich fast. Über den Rand der Maschine glotzen sie sich an. Plötzlich muss sie lachen, lässt los, das Ding fällt fast auf seinen Fuß.

„Pass doch auf", zischt er.

„Verzeihung", sagt sie, versucht, wieder ernst zu werden, aber es geht nicht. Das Lachen kommt zurück, breitet sich aus, bis es auch ihn erwischt. Sie lachen beide, sie trommelt dazu mit der flachen Hand auf die Waschmaschine.

Da stehen sie auf halber dunkler Treppe, mit ihren hochroten Köpfen und total verschwitzt, und zwischen ihnen das alte Monstrum mit seinen Rostflecken. Zwei Schnecken und ein viel zu schweres Schneckenhaus. Irgendwie total absurd.

Dann haben sie es wirklich geschafft. Die Waschmaschine im grellen Licht des Wohnzimmers.
Sie lassen sich beide aufs Sofa fallen. Wieder ernst, aber das Lachen vibriert noch nach. Sie steht auf und holt das Essen aus der Küche. Sie verschlingen die Brote. Hungrig, erschöpft, erleichtert. Zwei, drei Bissen, mehr ist es nicht. Sie hält ihm ihre Wasserflasche hin. Er nimmt einen großen Schluck.
„Ich erhöhe die Belohnung", sagt sie. „Ich hole zwei Pizzas und kaltes Bier. Wie wäre das?"
„Gut", sagt er und sieht auf sein patschnasses Hemd. „Ich springe inzwischen mal kurz unter die Dusche."
„Mach das", sagt sie und sieht aus dem Fenster. Der Garten im glänzenden Abendlicht.
Er will aufstehen, aber sie hält ihn zurück.
„Oder weißt du was", sagt sie langsam. „Keine Dusche, sondern wir fahren raus, jetzt sofort, nach Wellenburg und springen in den See. Muss doch herrlich sein jetzt. Und die Pizza dann in der ‚Traube', draußen im Biergarten."
Sie wartet auf seine Antwort. Er steht auf.
„Dann mal los", sagt er, „kommt die Waschmaschine auch mit?"
„Das wäre nicht schlecht, dann hätte ich das erledigt."

Das Bad im See ist herrlich. Unglaublich. Nur zwanzig Minuten mit dem Auto und schon ist man im Paradies. Als hätten sie das beide vergessen.
Sie schwimmen weit raus. Über ihnen der blaue Abendhimmel, unter ihnen das dunkle Grün des kühlen Sees. Sie sprechen kaum.

Dann die ‚Traube‘. Die großen Holztische unter den alten Kastanien. Immer noch die bunten Lampen. Die Kellnerin kennt sie noch.

„Na, auch wieder mal hier“, lächelt sie. Sie lächeln zurück.

Dann ihr Heißhunger. Nach der Arbeit, nach dem Bad. Das mit der Pizza lassen sie. Es gibt Fisch. Frische Forellen. Noch viel besser. Weißwein statt Bier. Ein Festessen.

„Haben wir jetzt doch verdient“, sagt sie, hebt ihr Glas und sieht ihm in die Augen. Er nickt, die Gläser klirren.

„Auf die Waschmaschine!“

Sie sieht sich um: die Leute an den Tischen, Lichter, leise Musik, darüber der Nachthimmel.

„So einen Tag hatten wir lange nicht.“

Er nickt noch einmal.

„Kommst du morgen nochmal?“, fragt er irgendwann.

Sie überlegt.

„Ich weiß nicht“, sagt sie, „aber ich glaube, ich habe doch schon alles geschafft heute. Oder fast alles. Und du?“

„Ich auch, mehr oder weniger jedenfalls.“

Sie sieht ihn an.

„Dann ist also alles erledigt.“

Alles erledigt. Ja, denkt er, alles erledigt. Sie die Möbel, er den Papierkram. Alles erledigt. Die Scheidung war vor drei Wochen und jetzt ist alles erledigt.

„Ich glaube, ich komme dann gar nicht mehr“, hört er sie sagen, „jedenfalls nicht morgen. Soll ja wieder so heiß werden.“

Eine Frau, ein Mann

Ich weiß, Sie kennen die Konstellation. Auch die Situation. Ganz am Anfang. Logo.

Eine Frau. Ein Mann. Sie lernen sich kennen. Irgendwo. Zufällig. Sie unterhalten sich ein bisschen und finden sich ganz nett. Sie tauschen Zettelchen aus, treffen sich wieder und finden sich nun großartig. So geht das Spielchen weiter. Einmal, zweimal, dreimal. Klar, sie sind schon längst verliebt. Irgendwann sagt sie: Du, ich glaube, ich liebe dich. Und er sagt: Wie schön, ich dich auch.

Bis hier ist alles Standard. Eine Konstante durch alle Epochen und Kulturen. Griechische Tragödie, klassische Lyrik, moderner Roman, Telenovela. Shakespeare, Goethe, Hollywood usw. Im Prinzip immer das Gleiche, immer wieder neu verpackt.

Hier beginnen die Probleme, und natürlich gibt es da Variationen. Aber im Grunde immer vom selben Problem: Sie liebt ihn, er liebt sie, aber irgend etwas passt nicht. Etwas steht zwischen ihnen, trennt sie.

Das kann die Familie sein, die soziale Klasse oder der Geburtsort. Er Athener, sie Spartanerin. Er Prinz, sie Aschenputtel. Das funktioniert bis heute. Sie Popstar, er Bodyguard. Oder Pretty Woman: er Richard Gere, sie Julia Roberts.

Manchmal ist alles perfekt, aber dann passiert etwas Dummes: Ein idiotischer Krieg, und Lili Marleen muss alleine an der Laterne stehen.

Manchmal könnte alles ganz einfach sein, katastrophenfrei, aber dann ist garantiert einer von beiden schon verheiratet. Zu spät! Ein zeitloses Problem, Goethes Werther kann ein Lied davon singen.

Hier hat die Moderne übrigens endlich etwas Neues erfunden.
Das Drama heute ist meistens: Nichts trennt die Liebenden, sie
können Tag und Nacht zusammen sein, kein Problem weit und
breit, sie haben gute Jobs und nette Schwiegereltern. Frieden,
Ruhe, Harmonie. Alles bestens, nur … sie gehen sich nach kurzer
Zeit schon schrecklich auf die Nerven:

Sie liebt ihn, er ist aber als International Marketing Manager
viel zu selten zu Hause. Oder er lässt seine Socken immer auf
dem Boden liegen oder er will sonntags immer seine dominante
Mutter besuchen. Oder alles zusammen.
Er liebt sie, aber sie will die ganze Zeit nur shoppen, oder muss
sich permanent selbst verwirklichen oder ihre besten drei Freundinnen finden ihn einfach doof. Oder von allem ein bisschen.
Das kennen Sie ja alles, aus Büchern, aus dem Fernsehen. Fortsetzung folgt. Fortsetzung folgt. Fortsetzung folgt. Bis zur Tragödie
oder bis zum Happy End.

Darüber müssen wir jetzt wirklich nicht sprechen. Gehen wir
lieber noch einmal zurück zum Anfang.
Eine Frau, ein Mann. Sie lernen sich kennen. Irgendwo. Zufällig.
Zufällig? Was heißt das: zufällig? Was ist da vorher passiert? Wie
kommt es, dass genau diese Frau und genau dieser Mann genau
um diese Zeit genau in diesem Café sitzen? Das ist doch faszi-
nierend! Wahnsinn! Das interessiert uns jetzt mal. Die Vorge-
schichte. Der Zufall. Das Schicksal.
Also stellen wir uns das mal vor: eine Frau und ein Mann. In
einem Café. Stop! Schon zu weit. Noch einmal zurück!
Also: eine Frau in einem Café. Ein Straßencafé, die Sonne scheint.
Alle Tische sind besetzt. Plötzlich sieht sie auf die Uhr, winkt dem
Kellner, legt ein paar Münzen auf den Tisch, steht auf und geht.
Halt! Stop! Zurück! So geht das nicht. Nicht so schnell. So passiert
doch nichts! Aber die Frau ist schon weg. Schade! Aber schaut
mal! Da kommt schon die nächste. Gut, dann nehmen wir die. Sie
setzt sich an den Tisch. Schiebt die leere Tasse weg und gibt dem
Kellner ein Zeichen. Na also!

Also noch einmal.
Eine Frau in einem Café. Ein Straßencafé, die Sonne scheint. Alle

Tische sind besetzt. Vor ihr auf dem kleinen runden Tisch: ein Cappuccino. Halbvoll. Sie liest Zeitung, raucht eine Zigarette. (Draußen ist das ja noch nicht verboten.)

Manchmal blickt sie auf, sieht sich um. Wartet sie auf jemanden? Nein, wahrscheinlich nicht. Sie ruht sich aus und genießt den Augenblick.

Ein Mann kommt. Er bleibt stehen und sieht sich um. Er will sich setzen, aber alle Tische sind besetzt. Nur zwei Stühle sind frei. Einer an ihrem Tisch und einer am Nebentisch. Er sieht zu ihr, er zögert.

Sie sieht ihn nicht, sie liest ihre Zeitung. Er blickt auf sein Handy, wartet ein paar Sekunden, ungeduldig, dann geht er weiter. Sie liest, trinkt und raucht weiter. Sie hat ihn nicht einmal bemerkt. Mensch, wann klappt das endlich? Na ja, warten wir noch ein bisschen …

Fünf Minuten später. Noch ein Mann. Er sieht einen freien Tisch, eine Kaffeetasse, fast leer. Und eine Zeitung. Glück gehabt! Er setzt sich. Aber wo ist jetzt unsere Frau? Ah, da ist sie ja wieder! Plötzlich steht sie neben ihm:

„Entschuldigen Sie, das ist eigentlich mein Platz, ich war nur kurz auf der Toilette."

„Ach so", sagt der Mann, „verzeihen Sie, ich habe nur die Tasse gesehen und gedacht … ich wollte wirklich nicht …"

„Schon gut", lächelt sie, „das können Sie ja nicht wissen. Aber ich kann ja nicht meine Handtasche hier lassen."

„Klar, entschuldigen Sie, bin schon weg!"

Der Mann legt die Zeitung auf den Tisch und will aufstehen.

„Ach", meint sie, „bleiben Sie ruhig sitzen. Da ist ja noch ein Stuhl."

„Ich darf also …", fragt der Mann.

„Ja", beruhigt sie ihn, „Sie dürfen."

Sie nimmt ihre Tasse und nippt noch einmal.

„Danke, sehr freundlich", sagt er. Er nimmt wieder die Zeitung und beginnt zu lesen.

„Das ist eigentlich meine Zeitung", sagt sie.

Er sieht sie erstaunt an, dann versteht er.

„Ach so, ich habe gedacht, die ist vom Café. Oh Gott, ich mache auch alles falsch heute. Verzeihung!"

Er faltet die Zeitung und gibt sie ihr.

„Ich brauche nicht die ganze Zeitung", sagt sie, „Sie können gerne einen Teil haben. Welchen möchten Sie denn gerne?"

„Ach, egal", sagt er.

„Na, sagen Sie schon. Wirtschaft, Politik …" Sie lächelt.

„… Heiratsanzeigen?"

„Nee", lacht er, „die sicher nicht."

„War nur ein Scherz … Kultur? Oder Sport?"

„Hmm", macht er, „dann vielleicht zuerst Sport."

Sie hat den Sportteil schon in der Hand.

„Habe ich mir doch gedacht."

Beide lachen und beginnen dann zu lesen. Der Kellner kommt.

„Was darf ich Ihnen bringen?"

„Ein Glas Weißwein", sagt er, sieht auf die leere Tasse und dann zu der Frau.

„Sagen Sie, möchten Sie noch einen Cappuccino, oder …", er zögert einen Moment, „darf ich Sie auf ein Glas Weißwein einladen?"

Völlig klar, wie es nun weitergeht. Das ist der Anfang und die Sache nimmt ihren Lauf. Egal, ob sie nun einen Cappuccino nimmt oder ein Glas Weißwein.

Sie werden beide noch ein bisschen weiterlesen und dann werden sie sich unterhalten. Über das Wetter („Angenehm sonnig, nicht wahr?"), den Wein („Angenehm trocken, nicht wahr?"), über das

Café („Kommen Sie oft hierher?"), über die Zeitung („Haben Sie vielleicht das Kinoprogramm gesehen?"). Vielleicht gehen sie dann noch ein Stück zusammen weiter, und vielleicht sitzen sie abends schon im selben Kino, und sehen denselben Film, Seite an Seite, Hand in Hand. Egal, langweilig, immer dasselbe … Aber jetzt noch einmal zurück, noch einmal die Frage: Wie kam es zu diesem Treffen, zu dieser Begegnung im Café? Was ist da vorher passiert?

Beginnen wir mit der Frau.
Barbara ist Anfang 30, Architektin, beruflich sehr erfolgreich. Nur privat klappt es nicht mehr. Bis vor acht Monaten war alles gut. Eine feste Beziehung, gemeinsame Wohnung, gemeinsame Zukunft. Klare Perspektiven.
Dann ist der Typ einfach abgehauen. Nach drei Jahren!
„Du liebst nur deine Arbeit", hat er noch gesagt und war weg. Das Schlimme ist: Ein bisschen hatte er recht. Sie hat sich wirklich sehr auf ihre Karriere konzentriert. Das musste sie aber, in dieser Männerwelt.
Zuerst hat sie versucht, diese Geschichte einfach zu vergessen. Sie hat noch mehr gearbeitet. Ist noch länger im Büro geblieben. Hat nur von Projekt zu Projekt gelebt. Null Privatleben. Einmal eine kleine Affäre mit einem Kollegen. Eine Dummheit, mehr nicht. Barbara hat sich keine Sorgen gemacht. Sie ist eine attraktive Frau, sportlich, temperamentvoll, selbstbewusst. Dann hat sie plötzlich gemerkt, wie einsam sie ist. Sie geht aus dem Büro und ist alleine. Niemand, der auf sie wartet. Kaum Verabredungen und schon gar kein Rendezvous. Ab und zu ein Abendessen mit Sandra, ihrer besten Freundin. Ein Kaffee, ein Film, ein Theaterstück. Aber sonst: alles Routine, keine neuen Gesichter, keine neuen Perspektiven. Sie trifft nur noch Kollegen. Kollegen, Kollegen. Sie kann diese Architekten nicht mehr sehen. Aber sie hat ja keine Zeit. Es gibt keine Zeit und auch keinen Ort, um jemanden kennenzulernen.

Alles so eng, so reduziert, limitiert. Plötzlich hat sie Angst
bekommen, richtig Panik. Barbara musste etwas tun. Sofort.
Zuerst wollte sie es mit einer Annonce versuchen. Warum nicht?
Machen doch viele … Natürlich hat sie das niemandem erzählt.
Nur Sandra. Aber die hat nur gelacht. Solche Anzeigen findet sie
lächerlich.
„Das hast du doch gar nicht nötig", hat Sandra gesagt. „Das ist
Aktionismus. Torschlusspanik. Du musst dich nicht so verkaufen.
Du musst dein Leben ändern. Vor allem weniger arbeiten und
mehr genießen."

Ha! Sandra hat leicht reden. Als Künstlerin hat sie natürlich jede
Menge Zeit. Malt morgens ein paar Stunden und das war's schon!
Arbeit nennt sie das!
Na ja, wie alle freien Künstler hat Sandra natürlich auch einen
kleinen Nebenjob. (Nein, nicht Taxi fahren.) Ein bisschen Geld
braucht sie ja auch. Sie arbeitet als Aufsicht in der Modernen
Pinakothek. Drei Nachmittage pro Woche im Museum herum-
stehen. So spannend ist das auch nicht. Im Grunde hat Sandra
auch ein Problem. Sie nutzt ihre Zeit nicht. Keine Initiative. Keine
Ambitionen. Keine Ziele. Weder beruflich noch privat. Nicht mal
Sport macht sie.
Und einen Freund hat sie zur Zeit auch nicht. Woher auch? Aus
der Pinakothek? „Vergessen Sie Picasso, vergessen Sie Kandinsky,
sehen Sie mich an!" Das klappt doch auch nicht! Und was macht
Sandra? Nichts! Nur andere kritisieren mit ihren zynischen
Kommentaren.
Na gut, mit dem ,weniger arbeiten' hat Sandra ja recht, aber
das genügt nicht. Man muss dann diese freie Zeit auch nutzen.
Und das hat Barbara jetzt vor, sie will ihr Schicksal in die Hand
nehmen.
Mehr Freizeit, mehr Privatleben, mehr Lebensqualität. Aber

natürlich muss sie das organisieren. Sonst klappt das nicht.
Sport ist ein guter Anfang. Tennis zum Beispiel. Das hat sie früher
mal ganz gut gespielt. Als Studentin. Auch Yoga interessiert sie.
Und auf einen Tanzkurs hat sie auch Lust. Aber da muss sie zuerst
in Form sein. Deshalb will sie mit Fitness beginnen. Solche Center
gibt es ja inzwischen an jeder Ecke. Natürlich hat sie gehofft,
dass Sandra mitmacht. Aber Sandra hat wieder nur den Kopf
geschüttelt: „Auf so einem Laufband rennen? Ich bin ----- doch
kein Hamster!", hat sie gespottet. „Ruf mich an, wenn du am
Wochenende Lust auf einen Spaziergang hast. Draußen am See.
Da komme ich mit."
Spaziergang draußen am See! Wie soll man da bitte fit werden?
Und Leute kennenlernen?

Okay, dann geht Barbara halt alleine. Kein Problem! Ein Projekt
realisieren, das kennt sie von der Arbeit. Und das kann sie auch.
Gestern war sie schon in einem Fitness-Club. Der hat ihr aber
nicht gefallen. Nur *beautiful people*, die in den Spiegel glotzen.
Das hat sie im Büro auch.
Aber heute Morgen war sie bei einem anderen Center. Das war ihr
ganz sympathisch. Schon der Typ an der Rezeption. Sehr nett.
„Neu hier?", hat er gleich gefragt.
„Ja", hat sie geantwortet.
„Na dann", hat er verschmitzt gelächelt, „herzlich willkommen!"
Er hat ihr auch gleich den Club gezeigt. Und das Kursangebot
beschrieben. Sogar Yoga gibt es.
Wegen der Formalitäten muss sie noch mit dem Chef selbst spre-
chen. Der war vorhin noch nicht da, der würde so um halb eins
kommen.
„Ich bin nur Aushilfe", hat der Typ erklärt, „ich bin nur ab und zu
da, vormittags am Wochenende."
Schade eigentlich, hat Barbara gedacht.

Aber gut. Ein Anfang ist gemacht. Plötzlich hat sie Zeit. Halb zwölf. Eine Stunde Zeit. Einfach so. Ohne Plan. Einkaufen, shoppen? Dazu hat sie jetzt eigentlich keine Lust. Sandra anrufen? Nee, die ist wahrscheinlich noch im Bett und würde nur wieder ihre blöden Witze machen.

Einen Kaffee, dachte sie plötzlich, hier irgendwo auf der Straße. Ihr neues Leben anfangen, die Sonne genießen. Das war doch der Ratschlag von Sandra. Einfach mal Ruhe geben und Zeitung lesen. Also gut, warum nicht … eine halbe Stunde und dann zurück zum Center. Da vorne ist ja auch ein Café. Ein Tisch ist noch frei …

So, und jetzt der Mann.

Sven ist nämlich schon in der Nähe. Er muss nur noch was erledigen. Sven ist Junggeselle, und das findet er eigentlich sehr gut so. Ab und zu eine Affäre, aber keine festen Bindungen. Zur Zeit ist das mit den Affären allerdings ein bisschen schwierig geworden. Nein, nein, er ist nicht zu alt. Das ist es nicht.

Das Problem ist sein jüngerer Bruder. Philipp. Typ ,ewiger Student' und noch dazu ein kleiner Poet! Natürlich erfolglos. Eines Tages hat Philipp vor Svens Tür gestanden und etwas von „keine Kohle, keine Bude" gesagt. Und ist dann einfach in Svens Wohnung geblieben!

Eigentlich findet er Philipp ganz okay. Zweimal im Monat. Aber permanent auf der Wohnzimmercouch nervt der kleine Bruder ein bisschen.

Am Anfang war das noch in Ordnung. Irgendwie ganz nett, plötzlich so ein bisschen Familie. Abends nicht immer alleine vor dem Fernseher. Zusammen kochen, quatschen und Philipp spielt auch noch ziemlich gut Gitarre, eigene Songs und die guten alten Klassiker: Cat Stevens, Simon and Garfunkel und so. Endlich ein bisschen Leben in der Bude, das hat Sven gefallen.

Vielleicht, hat er gedacht, wird es wirklich langsam Zeit für eine Familie. Die wilden Jahre sind vorbei. Aber Familie, das ist dann bitteschön eine tolle Frau und ein paar hübsche Kinder, und nicht so ein kleiner fauler Bruder, der nur den ganzen Tag mit Kuli und Gitarre das Sofa besetzt.

Sven hat sich wirklich bemüht und ist gastfreundlich und großzügig gewesen. Er hat Philipp auch mal ins Kino mitgenommen, auf ein Fest, und schließlich sogar auf den Wochenend-Trip nach London. Das war ziemlich nett von ihm. Brüderchen Philipp statt Kollegin Jacqueline!

Aber jetzt reicht es langsam. Drei, vier Wochen ist das in Ordnung, aber dann muss Schluss sein, findet Sven. Basta! Philipp findet das offenbar nicht. Sitzt im Wohnzimmer, liest und schreibt, kocht Spaghetti und spielt pausenlos ‚Father and son‘, aber um eine eigene Wohnung und einen Job kümmert er sich nicht. Also hat Sven das in die Hand genommen.

Eigentlich wäre er heute lieber Golf spielen gegangen. Oder ins Fitness-Center. Aber zuerst muss er das Problem zu Hause lösen. Und Probleme lösen, das kann Sven. Als Manager ist das sein Job. Und Kontakte hat er auch. Gute Kontakte. Eine Wohnung, das heißt ein kleines Studio, hat er für Philipp schon besorgt, und das mit dem Job hat nun auch geklappt. In einem Hotel an der Rezeption, das wird sein Bruder schon schaffen.

Und bestimmt eine gute Berufserfahrung. Er muss Philipp nur noch Bescheid sagen. Der wird sich wundern! Gerade hat er zu Hause angerufen. Philipp ist aber nicht ans Telefon gegangen. Und ein Handy hat er natürlich nicht, weltfremd wie er ist. Aber Sven hat ihm eine Nachricht hinterlassen. Dass am Montagmorgen um sechs Uhr der Ernst des Lebens beginnt! So schnell geht das. Tja, Sven ist eben ein Manager. Er sieht auf die Uhr. Kurz nach halb zwölf. Wahrscheinlich pennt der Kleine noch. Na ja, denkt Sven, soll er noch einmal ausschlafen. Ab übermorgen weht dann sowieso ein anderer Wind.

Aber was soll er selbst jetzt machen? Zum Golfen ist es schon zu spät. Und auf Pilates im Sportstudio hat er jetzt auch keine Lust. Jacqueline? Nie vor eins, Baby, merk dir das, sagt die doch immer. Was trinken, denkt er, nicht lange, ein halbes Stündchen. Das kann er sich jetzt leisten. Ein bisschen Sonne, und ein Blick in die Zeitung. Hier muss doch irgendwo ein Café sein …

So, da sind wir also wieder: ein Café, eine Frau, ein Mann. Hier können wir Schluss machen. Der Rest ist Telenovela.

Was denn noch? Ob die Frau nun einen Cappuccino nimmt oder doch ein Glas Weißwein? Das wollen Sie noch wissen? Na, Sie sind aber neugierig! Außerdem ist das doch völlig egal. Aber gut, bitte schön …

„Das ist aber nett von Ihnen!", sagt sie überrascht. „Ich glaube, dann nehme ich auch einen Weißwein."

„Gerne", meint der Mann, gibt dem Kellner ein Zeichen und schon stehen zwei volle Gläser auf dem Tisch.

„Na denn", sagt er und hebt sein Glas, „dann sage ich mal Prost!"

„Und auf was trinken wir?", fragt sie lächelnd und nimmt ebenfalls ihr Glas.

„Auf den Frühling", sagt er, „und diesen schönen Zufall."

„Sehr gut", lacht sie, „auf diesen schönen Zufall. Prost!"

Sie trinken und sehen sich dabei fröhlich in die Augen.

„Lecker", sagt die Frau.

„Übrigens, ich heiße Sandra."

„Freut mich, ich bin der Philipp."